Berlin antwortet nicht

Inhalt: Wenn die alten Frontlinien, die in Europa zum ersten und zweiten Weltkrieg geführt haben, wieder aufbrechen, werden bald auch die alten Fluchtwege wieder von deutschen Exilanten frequentiert. Einer dieser Wege führt nach Südamerika. Dieses nicht mehr auszuschließende Szenario wird in diesem Roman verarbeitet. Es handelt sich um eine Phantasieerzählung, die den Ereignissen vorausläuft.

Franz J. Brüseke, geb. 1954 in Hamm/Westf., Professor für Soziologie an verschiedenen Universitäten Brasiliens. Lebt mit seiner Familie in Florianópolis/Brasilien. Autor mehrerer Romane, vornehmlich mit historischem und politischem Hintergrund, sowie von Publikationen zu Modernisierung, nachhaltiger Entwicklung und Techniksoziologie.

Franz J. Brüseke

Berlin
antwortet nicht

Roman

Ateliê de Humanidades
Editorial

Bibliografische Informationen der Deutschen Nationalbibliothek: Die Deutsche Nationalbibliothek verzeichnet diese Publikation in der Deutschen Nationalbibliografie; detaillierte bibliografische Daten sind im Internet über http://dnb.dnb.de abrufbar.

© 2024 Franz J. Brüseke,

Ateliê de Humanidades Editorial

ISBN 978-65-86972-27-6

Berlin antwortet nicht

Inhalt

Kap. 1 Im Bergwerk 7

Kap. 2 Schneefalter tanzen 29

Kap. 3 Dieses Mal auch der Dom 45

Kap. 4 Gisela 69

Kap. 5 Die Evakuierung 85

Kap. 6 Von Oiapoque nach Belém 117

Kap. 7 Flussaufwärts 149

Kap. 8 Das Ökoprojekt 163

Kap. 9 Berlin antwortet nicht 185

Kap. 10 Allein unter Deutschen 207

Ende 237

1. Im Bergwerk

Einer, der weiter im Osten gewohnt hatte und gestern angekommen war, hatte den Knall gehört. Er zitterte am ganzen Leibe, was seiner Nachricht zusätzliche Glaubwürdigkeit verlieh und unsere Vorsteherin veranlasste, ihn in die Krankenstation auf Sohle zwei einzuweisen. Dort konnte ich in den folgenden Tagen mehrmals mit ihm sprechen, denn ich war dort als Sanitäter zugeteilt worden, obwohl, das gestehe ich, mir dazu jegliche berufliche Voraussetzung fehlte. Leider verstarb der Neuzugang nach wenigen Tagen, in denen ich mein Möglichstes gab, um ihn am Leben zu halten, doch die Verbrennungen, die zuerst nur durch leichte Rötung erkennbar, dann aber in eine Blasenbildung vor allem auf Rücken und der Hinterseite von Schenkeln und Unterschenkeln übergingen, überforderten seine Widerstandskraft. Er mochte wohl auch innere Verletzungen gehabt haben, denn einem totalen Nierenversagen am dritten Tag war eine intensive Blutung kurz nach Einführung eines Harnkatheters vorausgegangen. Trotz seines sich von Tag zu Tag rapide verschlechternden Zustands, teilte mir Herr Camci, das er wie Tschammschi aussprach, aber Camci geschrieben wurde, wie aus seinem Personalausweis hervorging, mit, dass er auf seine Familienangehörigen warte, die eigentlich vor ihm hätten eintreffen müssen, da sie schließlich sofort losgelaufen seien, gleich nach dem grellen Blitz über den Werkshallen, dem ein unmenschlicher Knall gefolgt wäre. Schon vom dritten Tag an war Camci kaum noch zu verstehen. Schließlich vermochte ich nur noch das Wort Knall klar von seinem sonstigen Gebrabbel zu unterscheiden, zumal er, wenn er es aussprach, die Augen weit öffnete, so als ob er mir zu verstehen geben wollte, dass er dabei war, mir etwas besonders Wichtiges mitzuteilen.

Nachdem der Doktor den Totenschein ausgestellt hatte, war es an mir, Camci in einen Leichensack zu stecken. Hatte mich diese Art von Tätigkeit am Anfang noch einigermaßen befremdet, führte ich sie nun, so kann ich sagen, beinahe routiniert aus. Beim besten Willen hätte ich nicht sagen können, wie oft ich diese technisch gesehen doch recht simplen Handgriffe schon ausgeführt hatte. Es mochten wohl einige hundert Mal gewesen sein. Was mich zunehmend sorgte, war, dass unser Vorrat an Leichensäcken von Woche zu Woche schrumpfte und abzusehen war, dass er irgendwann endgültig zur Neige gehen würde. Aber noch war es nicht so weit, und ich karrte den hygienisch in einem olivgrünen Plastiksack verpackten Camci bis zum Rand des Schachtes, wo ich ihn, ohne mich selbst dabei zu weit nach vorne zu beugen, in die Tiefe gleiten ließ. Von Zeit zu Zeit kippte in einer der weiter unten liegenden Sohlen ein Bulldozer Abraum in die Tiefe, so dass ich, wenn ich an meine ehemaligen Patienten denke, mit Fug und Recht sagen kann, dass sie ordentlich begraben worden sind. Platz war noch ausreichend vorhanden, belegten doch die Bunkerinsassen nur die Stollen der fünf oberen Sohlen, die, selbst wenn man die ersten zwei, die ausschließlich sanitären Zwecken dienten, abzieht, in ihren verzweigten Gängen Platz für mehrere tausend Personen boten. Wie viele genau dort unten waren, wusste niemand. Als ich den Doktor einmal danach fragte, schüttelte er den Kopf und meinte, er hätte wohl schon Tausende hinabfahren sehen, aber niemanden wieder hinauf, er schlösse daraus, dass es an Platz wohl nicht fehle. In der Tat waren auf jeder Sohle vor langer Zeit Stollen horizontal in das Gestein getrieben worden, wo sie dann auf Kohleflöze stießen, die nach und nach abgebaut worden waren. Es waren schließlich kilometerlange Strecken entstanden, welche die Bergleute zurücklegen mussten, um noch an Kohle zu kommen. Nur ganz unten, in einer Tiefe von mehr als tausend Metern hatte es zuletzt noch Kohle gegeben. Die Teufe, wie die Kumpel diesen tiefsten Ort des Bergwerks nannten, war nur deshalb nicht voll Wasser gelaufen, weil beständig die Pumpen liefen. Alle anderen Gruben im Land waren, nachdem man sie aufgegeben hatte, entweder mit Abraum verfüllt worden, oder standen bis zum Grundwasserspiegel unter Wasser. Man hatte unseren Schacht betriebsfähig gehalten, nicht weil man Kohle abbauen wollte, denn das war schon lange unrentabel geworden, sondern weil man ein Industriemuseum aus den ober- und unterirdischen Anlagen gemacht hatte.

„Unser Glück," sagte der Doktor, „sonst säßen wir jetzt irgendwo da oben und wer weiß, was aus uns geworden wäre." Ich musste ihm Recht geben, fragte mich aber, wie lange die Pumpen noch laufen würden, denn das Stromnetz funktionierte nur stundenweise und es war ein Wunder, dass unsere elektrischen Geräte, die Beleuchtung, die Förderkörbe und die Pumpen eingeschlossen, noch liefen.

„Diesel," sagte der Doktor, „wir haben Dieselgeneratoren, die springen an, wenn der Strom ausfällt."

Ich war dermaßen erleichtert, dass mir erst Tage später einfiel, dass man, was ja auf der Hand lag, zum Betrieb von Dieselmotoren, Diesel braucht. Und, so durchfuhr es mich, war dieser in ausreichender Menge vorhanden? Wurde er nachgeliefert, wenn er zur Neige ging? Und wie sollten wir nach oben kommen, wenn es eines Tages keinen Diesel und folglich keinen Strom mehr gab?

Irgendwo hatte ich eine Tafel gesehen, auf der, wie auf einem Metrofahrplan, das Gewirr von Stollen unserer Sohle vereinfacht dargestellt war. Richtig, sie hing im Büro unserer Vorsteherin, gleich in der Nähe des Eingangs zum Förderkorb. Ob ich auch die Pläne der anderen Sohlen haben wolle, fragte sie, als ich, nachdem ich den Staub vom Plexiglas mit dem Ärmel abgewischt hatte, versuchte, in dem Gewirr von Gängen und Stollen, einen Ausgang nach oben zu entdecken. Sie hätte auch einen vertikalen Schnitt, da seien die Schächte zu sehen, meinte sie, nachdem ich ihr gesagt hatte, was ich suchte. Tatsächlich fand ich auf dem von ihr auf ihrem Schreibtisch ausgebreiteten Plan rasch den Schacht, neben dem wir uns befanden und einen weiteren, in ungefähr achthundert Metern Entfernung.

„Das ist der Wetterschacht". Und sie fügte hinzu, als sie mein fragendes Gesicht sah: „Für die Lüftung. Dort wird die stickige Luft aus dem Bergwerk abgesaugt. Durch den Förderschacht kommt deshalb beständig frische Atemluft nach. Sehen Sie." Sie trat vor ihr Büro und hielt ein Papiertaschentuch in die Höhe, welches sie, nachdem sie sicher war, dass ich ihr zusah, fallen ließ. Sofort wurde es von der Luftströmung ergriffen und einige Meter mitgerissen. Tatsächlich hatte ich mich schon mehrmals gewundert, woher die beständige Brise auf unserer Krankenstation kam und einen Ventilator dafür verantwortlich gemacht, den ich allerdings nirgendwo hatte ausfindig machen können.

Es gab also keinen Ventilator auf unserer Sohle, sondern oben, über Tage, eine Maschine, groß genug, um immense Luftmassen aus den kilometerlangen Stollen, die man vor beinahe hundert Jahren begonnen hatte, in den Fels zu treiben, nach oben zu saugen. „Deswegen riecht es hier nicht," sagte die Vorsteherin und auf meinen verständnislosen Blick hin, deutete sie diskret mit dem Zeigefinger ihrer rechten Hand, nach unten. Ich verstand. Nicht auszudenken, was geschehen würde, fiele eines Tages die Entlüftung der Schachtanlage, für die Abfuhr von Gasen und Zufuhr von Sauerstoff unerlässlich, aus. Einen Förderkorb oder einen einfachen Personenfahrstuhl gab es in diesem Wetterschacht nicht. Noch ein weiterer Sachverhalt stand mir jetzt klar vor Augen: nicht nur der Förderkorb, der in vielleicht stündlichen Abständen nach oben oder unten raste, war von einem mit Diesel betriebenen Stromaggregat abhängig, auch das Funktionieren der Klimaanlage, wenn man sie denn so nennen will, war von einer beständigen Versorgung mit Elektrizität und damit vom Diesel abhängig.

Als ich wieder auf der Krankenstation war und den Doktor suchte, um ihm von meinen Entdeckungen zu berichten, war dieser damit beschäftigt, einige Neuzugänge zu versorgen. Ich ging ihm wie immer zur Hand und hätte meinen Besuch bei der Vorsteherin fast vergessen, wenn er nicht selbst, nach getaner Arbeit, darauf zu sprechen gekommen wäre. Dass es einen Wetterschacht gab, wusste er, nur dass dieser mit Diesel betrieben wurde, war ihm entgangen. „Eigentlich logisch", sagte er, „sonst wäre hier unten sicherlich schon oft der Strom ausgefallen." Und nachdem wir beide an dasselbe gedacht hatten, fügte er hinzu: „Schlimmer als die Hitze und der knapper werdende Sauerstoff und der Gestank, welcher alsbald aus der Teufe nach oben steigen würde, sobald der Strom einmal länger ausfällt, wäre, dass wir dann hier unten festsäßen. Der Förderkorb ist die einzige Möglichkeit uns zu versorgen und, wenn es eines Tages möglich ist, hier wieder herauszukommen."

Tagelang gingen wir unserer Arbeit nach, ohne wieder auf dieses beängstigende Thema zurückzukommen, bis mich der Doktor zu einem Patienten rief, der vor Kurzem wegen starken Unwohlseins eingeliefert worden war. „Es ist der Maschinist." Ich verstand nicht gleich. „Er ist für den Motor des Förderkorbs und des Wetterschachts verantwortlich." Wieder taten wir alles, um dem Mann zu helfen, und tatsächlich hatte er sich nach einer Woche so weit stabilisiert, dass er, obwohl er darum bat, doch noch länger bei uns bleiben zu dürfen, entlassen werden musste. Ich sage, musste, denn im Stollen, vor der Klarsichtplane, welche den Behandlungsraum und die Bettenabteilung vom Eingangsbereich des Stollens trennte, warteten etliche Neuzugänge, einige in deutlich schlechterem Zustand als der Maschinist. „Ich sage euch Bescheid, bevor die Dieseltanks leer sind, lange wird es nicht mehr dauern, aber ich sage euch Bescheid." Es war, in der Zeit meiner Beschäftigung auf Sohle zwei, der erste Patient, den ich hatte nach oben fahren sehen. Allein in dem riesigen Förderkorb winkte er uns müde zu, bevor die automatische Vergitterung scheppernd hinter ihm ins Schloss fiel.

Von dieser Zeit an litt ich an merkwürdigen Beklemmungen, die mich besonders des Nachts heimsuchten und mich manchmal stundenlang nicht schlafen ließen. Aber auch tagsüber hatte ich, besonders wenn ich an unsere Zukunft dachte, Schwierigkeiten so unbeschwert durchzuatmen, wie es eigentlich normal gewesen wäre. Der Doktor hatte schon zwei Mal meine Lunge abgehört, aber nichts entdecken können. „Es ist Nichts", stellte er fest, aber statt mich zu beruhigen, hämmerte dieser Satz in meinem Kopf und beschleunigte meinen Puls. Nichts! Dieses Nichts trieb mir den Angstschweiß auf die Stirn und war, von einem fachkundigen Arzt diagnostiziert, schlimmer als wäre eine Tuberkulose oder eine andere konkrete Krankheit als Ursache meiner Atemnot festgestellt worden. Die bangen Stunden bis zum Morgengrauen verbrachte ich oft auf dem Bettrand sitzend und war froh, wenn endlich das Licht unserer Krankenstation wieder eingeschaltet wurde. Dieses geschah mittels eines automatischen Dimmers, der, sobald über Tage der Himmel langsam heller wurde, in unserem bis dahin stockfinsteren Stollen die Illusion erzeugte, dass auch tief in der Erde der Tag anbrach. Aber dieser neue Tag war hier unten in Wahrheit nur die Fortsetzung einer ewigen Nacht, von ein paar elektrischen Lampen in illusorische Abschnitte eingeteilt. Was würde geschehen, wenn die Beleuchtung für immer ausfiel und uns dieser Illusion beraubte? Daran dachte ich, wenn ich nachts auf meinem Bett saß und, ich gestehe, froh war, wenn einer unserer schmerzgepeinigten Kranken bei nachlassender Wirkung des Morphiums aufstöhnte und mir so die Gewissheit gab, dass ich nicht allein war.

Hätte mir jemand vor ein paar Monaten gesagt, dass ich in einem provisorischen Lazarett tief unter der Erde mein Leben fristen würde, ich hätte an einen schlechten Scherz gedacht. Warnungen von erfahrenen und sicherlich intelligenteren Personen als ich es war, hatte es zuhauf gegeben. Ich, hier im Einklang mit der breiten Mehrheit der Bevölkerung, hatte sie in den Wind geschlagen. Selbst als dann im Osten die erste Bombe explodierte und unmittelbar darauf kein weiterer Einschlag folgte, sah ich keinen Anlass zur Flucht, sondern setzte mich mit einem Tütchen Erdnüsse vor den Fernseher und lauschte den offiziellen Verlautbarungen der Regierung. Das hatte man uns schon seit Jahren dringend empfohlen: sobald die Sirenen ertönen, die Fenster schließen und den Fernsehapparat einschalten! Das, was der Regierungssprecher in sonorem Deutsch von sich gab, ließ sich auf einen einzigen Nenner bringen. Es bestehe kein Anlass zu Panik, denn das Land sei fest in der westlichen Allianz verankert. Was mich wunderte, war, dass die sonst hinter ihm angebrachte Weltkarte durch eine weiße Wand ersetzt worden war, an der ein knallroter Feuerlöscher hing. Warum das so war, wurde dann sofort klar, als er mit einem gewollten Lächeln mitteilte, dass man sich um den Kanzler keine Sorgen zu machen brauche, denn dieser sei gerade hier im Regierungsbunker eingetroffen und der Rest der Regierung wäre auf dem Weg dorthin. Dann sagte er noch etwas, was ich nicht verstand, denn nach einigen abgehackten Wortfetzen war der Ton weg, obwohl der Regierungssprecher lächelnd weiterredete. Ich versuchte, mir einen Reim auf das Ganze zu machen und saß immer noch vor dem sprachlosen TV, selbst als der Mann das Rednerpult schon lange verlassen hatte und mein Erdnusstütchen leer war. Die Kamera fixierte noch eine Weile das leere Pult mit der weißen Wand und dem Feuerlöscher. Dann brach die Übertragung ab, was ich kommunikationstechnisch für ungeschickt hielt, denn was sollten die Leute denken, die eventuell dazu neigten, aus nichtigen Anlässen in Panik zu geraten. Ich selbst dachte an meinen Termin beim Hausarzt, den ich einmal im Jahr aufsuchte, um mich durchchecken zu lassen. Bisher war immer alles in Ordnung gewesen und es war das, was ich auch in diesem Jahr wieder hören wollte: „Es ist alles in Ordnung. Bis zum nächsten Jahr!" Die Sirenen hatten wieder angefangen zu heulen und ich fragte mich, ob mein Arzt mich unter diesen Umständen überhaupt empfangen würde. Zum Glück funktionierte das Telefon noch. Statt der Sprechstundenhilfe nahm der Doktor selbst ab. „Was?" er schrie mir förmlich ins Ohr. „Sie sind noch zu Hause?" Mir verschlug es die Sprache, kannte ich doch den Doktor nur als höflichen Menschen, der es verstand, seine ihm eigene Ausgeglichenheit und Ruhe auf seine zumeist verängstigten Patienten zu übertragen. „Gehen sie sofort zum Bergwerksmuseum, da ist ein Schutzraum, nein, Augenblick, kommen Sie vorher bei mir vorbei, ich habe einige Sachen, die sie tragen könnten. Okay?" Ich sagte ebenfalls „okay!" und machte mich auf den Weg zu meinem Hausarzt, so wie ich es ohnehin vorgehabt hatte. Auf den Straßen war kein Mensch, wahrscheinlich, so dachte ich mir, saßen sie vorschriftsmäßig vor dem Fernsehen, so wie ich es auch getan hatte und warteten auf Anweisungen.

Der Doktor stand schon in der Haustür, neben sich zwei schwere Taschen, nebst einer Kiste mit Rollen und herausziehbarem Griff, so wie man es von Reisekoffern kennt. Diese Kiste bat er hinter ihm herzuziehen, was ich, da er gleich loslief, bereitwillig tat. Meine Frage, wo es denn hingehe, beantwortete er knapp mit „In die Zeche!" Zeche, so nannten die Leute aus dem Viertel immer noch das Bergbaumuseum, das eingerichtet worden war, um wenigstens eine der in der Region früher zahlreichen Kohlebergwerke zu erhalten. Dort wurde keine Kohle mehr abgebaut, aber der Förderturm stand immer noch und brachte vor allem interessierte Touristen und manchmal ganze Schulklassen in die Tiefe. Ohne den Doktor säße ich vielleicht immer noch vor dem Fernseher oder wäre, wie viele andere, irgendwann einfach losgelaufen und hätte mich den Strahlen ausgesetzt, welche die Haut der meisten unserer Patienten dann so übel zurichten sollte.

In den ersten Tagen, obwohl es dort unten kein Fernsehen gab, hatten wir noch einen einigermaßen vollständigen Überblick über das, was über unseren Köpfen geschah, denn die jetzt körbeweise eintreffenden Patienten berichteten, soweit sie dazu in der Lage waren, von dem, was sie gesehen und erlebt hatten. Auch hatte das über Tage arbeitende Personal, das alle drei Stunden ausgewechselt wurde und in eben diesem Rhythmus zu uns nach unten kam, Zugang zum Internet, das von geostationären Satelliten mit Nachrichten versorgt wurden. Schon am dritten Tag aber brach das Internet zusammen, zumindest was seinen Empfang in unserer Region betraf, weil eben diese Satelliten abgeschossen worden waren, so die felsenfeste Überzeugung des Ingenieurs, der mit einem Pudel auf dem Arm, dem sämtliche Haare ausgefallen waren, bei uns, eben wegen dieses Pudels, vorstellig wurde. Der Pudel musste schon noch am selben Tag in der Teufe entsorgt werden, was dem Ingenieur wohl so zu Herzen gegangen war, da dieses noch am selben Tag aussetzte und er von mir, nachdem ich ihn vorschriftsmäßig eingepackt hatte, seinem Hund nachgeschickt wurde.

Warum der Doktor und ich von den langsam die Gesundheit unserer Patienten ruinirenden Strahlenschäden verschont geblieben waren, weiß nur Gott, wenn überhaupt, denn auch dieser zeichnete sich, trotz flehentlicher Gebete einiger Patienten, eher durch Abwesenheit aus. Vielleicht hatten wir, der Doktor und ich, einfach nur Glück oder, was wahrscheinlicher war, wir waren, bevor die Strahlen unser Viertel erreichten, in das schützende Bergwerk eingefahren. Auch traf der Doktor einige Vorsichtsmaßnahmen, die unter anderem darin bestanden, den eintreffenden Patienten schon in der ersten Sohle die Kleider abnehmen zu lassen und sie, bevor sie in die zweite Sohle, dort wo sich unser Lazarett befand, heruntergelassen wurden, ordentlich abzubrausen. Eine bleischwere, weiße Schürze, wie sie von Röntgenärzten benutzt werden, die mich aber eher an die Kleidung von Angestellten einer Schlachterei erinnerte, hatte er sich selbst und auch mir umgehängt, so dass ich mir beim Einsacken der leblosen, nackten Körper manchmal vorkam, wie ein Metzgergeselle.

Viele der zu uns geschickten Patienten hatten am linken Handgelenk ein Bändchen befestigt, wie es vielleicht einige noch von Konzertveranstaltungen kennen. Diente es im letzten Falle der Kenntlichmachung derjenigen, die ordnungsgemäß das Eintrittsgeld entrichtet hatten, war in unserem Falle seine Funktion nicht einzusehen, verlangte doch niemand am Eingang unseres Bergwerks einen Obolus, um in die Tiefen abgeseilt zu werden. Ganz sinnlos wurde dieses Bändchen dann, wenn es an mir war, die verblichenen Körper für den olivgrünen Sack fertigzumachen. Mit einer Verbandsschere, deren stumpfes Ende ein unnötiges, obwohl in diesem Stadium wohl schmerzloses, Verletzen der bleichen Haut vermied, schnitt ich das unnötige Armband einfach durch und befreite so die mir anvertrauten Körper von einer unnützen Unterscheidung. Ja, die Bändchen unterschieden sich, nicht was ihre Breite, Festigkeit oder gar den kleinen Schnappverschluss anging, der, einmal betätigt, nicht wieder zu öffnen war, nein, es war lediglich die Farbe, die entweder gelb, grün oder rot variierte und, in einer zu vernachlässigenden Anzahl von Fällen, alle Farben des Regenbogens aufwies. Aber, wie gesagt, ich tat meine Arbeit, schnitt dieses unnötige Zubehör einfach durch und warf das kurze, farbige Band dem Leichensack hinterher, den es auf seinem senkrechten Fall in die Teufe, zögerlich torkelnd begleitete.

Diejenigen Patienten, die schon auf Sohle Eins, als gesund eingestuft worden waren, wurden gar nicht erst auf Sohle Zwei, unserer Krankenstation, zugelassen, sondern blieben im Förderkorb, bis sie auf einer der unteren Sohlen einquartiert wurden. Dort, so mutmaßte ich, mochten die verschiedenfarbigen Bändchen, wohl eine Funktion haben, ging doch das normale Leben auch unter Tage weiter und somit auch die feinen Unterschiede, die wir vom sozialen Leben über Tage kennen.

Doch zunächst hatte ich andere Sorgen, als mich mit diesen nebensächlichen Dingen länger zu beschäftigen. Die bedrückendste unter ihnen war, dass mein Vorrat an Leichensäcken täglich kleiner wurde und abzusehen war, dass ich, oder, besser gesagt, die Patienten, eines Tages ohne diese hygienische Hülle ihren letzten Weg antreten mussten. War dieser Gedanke bedrückend, weil er das Wenige bedrohte, das von einem zivilisierten Umgang mit den Verstorbenen übriggeblieben war und unter anderen Umständen als letzte Ehrbezeugung bezeichnet worden wäre, machte uns jedoch ein anderes Problem noch mehr zu schaffen: irgendjemand hatte die Klimaanlage gedrosselt.

Noch war, wenn man den befeuchteten Finger in die Höhe hielt, ein vom Einfahrtsschacht herkommender Luftzug zu spüren, aber ein herabfallendes Papiertaschentuch wäre, anders als noch gestern, sofort auf den Boden gefallen, ein klarer Hinweis auf die drastische Verminderung der Geschwindigkeit des Zustroms frischer Luft.

Als am folgenden Tag für schätzungsweise eine Stunde die Belüftung ganz ausfiel und ein warmer Brodem aus der Teufe nach oben zu steigen begann, schickte mich der Doktor zur Vorsteherin. Diese wusste zu berichten, dass, wie sollte man es anders nennen, ein Rationierungsprogramm für Dieselöl in Kraft getreten sei, da über Tage die Tanks, obwohl von beträchtlicher Größe und selbst auf längerdauernde Stromausfälle ausgelegt, sich langsam leerten. Dies in erster Linie, weil die Notstromaggregate in den letzten Tagen nicht nur hin und wieder angesprungen waren, um eine kurzzeitige Lücke zu schließen, sondern rund um die Uhr hätten Strom produzieren müssen. Die Windkraftanlagen in der Nordsee seien ausgefallen, und das, obwohl die Windräder sich weiter drehten. Ja, die Windenergie sei weiterhin eine gute Sache, aber die über den Meeresgrund verlegten Kabel seien durchtrennt worden und es gäbe noch keinen Zeitplan für die Behebung des Schadens.

Es war nicht nur der süßlich riechende Brodem, der aus der ewigen Teufe aufstieg, sondern eine Delegation, der auf den unteren Sohlen Untergebrachten, war bis zum Büro der Vorsteherin vorgedrungen und redete, als ich dazu kam, lautstark auf sie ein. Zuerst verstand ich nicht gleich um was es ging. Dann aber, als ich mich bis zur Vorsteherin vorgedrängt hatte und mich neben sie postierte, um den mit den Armen fuchtelnden Leuten zu zeigen, dass auf unserer

Station nicht jeder machen könne, was er wolle, konnte ich aus den sich wiederholenden Satzfetzen entnehmen, was das Thema war. Durch das Herunterfahren der Klimaanlage sei die Temperatur auf den unteren Sohlen stark angestiegen, so dass je tiefer man nach unten führe, die Hitze immer unerträglicher würde. Sie selbst seien von Sohle Drei, also der Sohle genau unter der unseren, wo man es noch so leidlich aushielte, aber weiter unten könne keine Rede mehr davon sein. Und jetzt sagte einer, der wie die anderen ein grünes Armband trug, etwas, dass mir den Ernst der Lage ungeschminkt vor Augen führte. Auf der untersten Sohle versuchten die Leute bereits den Förderkorb zu entern und einige wären sogar bei dem Versuch das Gestänge des Schachtes hinaufzuklettern in die Tiefe gestürzt.

Die Vorsteherin, bleich vor Angst und mit vor der Brust verschränkten Armen, sah keine andere Möglichkeit, als den aufgebrachten Eindringlingen zu versprechen, dass sie sich persönlich für die Lösung des Problems verwenden würde. Dies nahmen ihr die Delegierten, wie sie sich selbst mehrmals nannten, schließlich ab und zogen sich zurück, nicht ohne der Vorsteherin anzudrohen, dass sie, wenn sie genötigt wären, zurückzukommen, ihr Büro kurz und klein schlagen würden und daran würde auch ihr buntes Armband nichts ändern.

Das erste, das die Vorsteherin tat, als die aufdringliche Bande endlich abgezogen war: sie rief oben an und bat, keinen Förderkorb mehr in die unteren Sohlen zu schicken. Dieses wäre auch ohne ihre Anweisung nicht geschehen, denn wieder fiel der Strom aus und wir saßen im Dunkeln. „Wir müssen mit dem Maschinisten sprechen", sagte der Doktor, der sich neben mich auf eine Pritsche gesetzt hatte, die gerade frei geworden war. Ich erinnerte mich an unseren ehemaligen Patienten und an sein Angebot, uns über den Stand der Dinge auf dem Laufenden zu halten. Als das Licht wieder aufflammte, sah ich in das kohleverschmierte Gesicht des Doktors. Er musste sich im Dunkeln wohl an der verstaubten Wand hinter uns abgestützt haben und war sich dann durchs Gesicht gefahren, wie es seine Art war, wenn er nachdachte. „Ja", sagte ich, denn was hätte ich angesichts der Lage auch sonst sagen sollen?

Jetzt, wo wir entschlossen waren, eine Fahrt nach oben zu wagen, erschien die Zeit bis wieder ein Förderkorb auf unserer Sohle Halt machte, nicht zu vergehen. Genauer gesagt, obwohl das Licht und somit auch die Stromversorgung wieder funktionierte, kam stundenlang überhaupt kein Förderkorb mehr. Wir hatten uns in der Nähe des Schachtes postiert, um nur ja nichts zu verpassen. Aber, außer dass hin und wieder ein schwerer Leichensack an uns vorbei in die Teufe fiel, geschah nichts. „Sie entsorgen die Körper schon über uns, das ist kein gutes Zeichen." Ich verstand den Doktor erst nicht, musste dann aber zugeben, dass die Kranken und somit auch die schweren Fälle, nicht mehr zu uns heruntergelassen wurden. „Exitus!" sagte der Doktor, ein Wort, dass er jetzt jedes Mal, wenn wieder ein gefüllter Sack in die Teufe fiel, wiederholte. Hatte man uns aufgegeben? Bis zum nächsten Morgen mussten wir warten, bis endlich ein kühler Luftstrom, den ein heruntersausender Förderkorb vor sich herschob, dessen Ankunft ankündigte. Man hatte uns einen dieser fahrbaren Container geschickt, die wir alle paar Tage erhielten, um unsere Station mit dem Nötigsten zu versorgen. Im Korb war sonst niemand. Wir öffneten das Gitter und zogen den Container ein Stück weit hinaus, so dass wir uns an ihm vorbei in den Korb zwängen konnten. Unser Argwohn war gerechtfertigt, denn kaum hatten wir den Container von innen ganz auf den Stollen geschoben, rasselte das Gitter zu und der Korb wurde blitzschnell nach oben gehievt. An Sohle Eins ging es ohne einen Zwischenstopp vorbei und ehe wir uns versahen, waren wir in der großen Eingangshalle, in der ehemals die Kumpel auf ihre Abfahrt in das Bergwerk warteten. Es waren weiße Zelte dort aufgestellt, in denen die Neuankommenden dekontaminiert wurden. Auch der Doktor und ich waren bei unserer Ankunft durch diese Schleuse, wie sie es nannten, geschickt worden und hatten, nachdem wir durch einen Apparat bugsiert worden waren, der an die MetallDetektoren auf Flugplätzen erinnert, ein weißes Plastik-Armband bekommen, das wir immer noch trugen. Es war zwar heute eher grau statt weiß, wies uns aber, wie uns die Kontrolleure erläutert hatten, als dekontaminierte heterosexuelle Hilfskräfte aus. So kamen wir unbehelligt in den Maschinenraum, wo wir hofften unseren ehemaligen Patienten, den Maschinisten, zu treffen. Dieser hatte uns eher erkannt als wir ihn, denn er trug einen knallroten Schutzanzug und dazu eine Brille, wie sie vielleicht sonst nur Techniker tragen, die mit Schweißgeräten arbeiten. Er nahm die Brille ab, um uns zu begrüßen und zog uns, nach einem kurzen Blick über die Schulter, in eine Art Büro, wo außer einem Stuhl und einem hochgeklappten Bett ein immenses Schaltpult stand, auf dem rote und gelbe Lämpchen flackerten. Offenbar war dies sein Arbeitsplatz, denn er schloss hinter uns die Tür, drückte auf einen der vielen Knöpfe und sagte: „Entschuldigung, aber ich bin im Dienst." Wir warteten, bis er sich uns wieder zuwandte. „Ja," sagte er, „ich hatte es ihnen schon gesagt, wir haben Schwierigkeiten mit dem Diesel, deswegen mussten wir den Generator herunterfahren. Aber das haben Sie da unten sicher schon bemerkt." Wir nickten.

„Wenn nicht bald Nachschub kommt, ist in drei Tagen Schicht." Wir sahen ihn verständnislos an.

„Ich meine, dann gibt es keinen Diesel mehr, also auch keinen Strom." Er hatte, während er sprach, das Klappbett heruntergelassen und uns mit einer Handbewegung aufgefordert, uns zu setzen. Da saßen wir nun, ohne dass bisher ein einziges Wort über unsere Lippen gekommen war.

2. Schneefalter tanzen

Als wir hinaustraten, war alles weiß. Es konnte nicht an der Luke aus Plexiglas liegen, die in Augenhöhe in einen Schlitz der Plane geklebt war, die meinen Körper verhüllte und meine Sicht einengte, so dass ich beständig den Kopf samt Plane drehen musste, um mich zu orientieren und nicht seitwärts irgendwo anzustoßen, denn im Bergwerk, nachdem mir der Doktor den Umhang übergeworfen hatte, konnte ich noch deutlich alle Farben, soweit das Dämmerlicht es zuließ, wahrnehmen. Vielleicht war alles weiß, weil sich ein feiner Staub auf den Platz vor uns gelegt hatte, aber auch die weiter weg stehenden Bäume, die verästelten Gerippe mussten Bäume gewesen sein, waren weiß. Plötzlich taumelten einige Schmetterlinge vorbei, denen, kaum, dass sie an mir vorbei waren, die weißen Flügel abfielen, welche langsam zu Boden schwebten. „Schneefalter," sagte der Doktor, „es sind Schneefalter." Ich hatte ihn zuerst nicht verstanden, so dass er genötigt war, näher an mich heranzutreten und dort, wo er mein Ohr unter der Plane vermutete, wiederholte: „Schneefalter. Es sind Schneefalter!"

Wir gingen wohl eine Stunde immer dieselbe Straße entlang, zu der uns nach ein paar Minuten eine gebogene Auffahrt gebracht hatte, die gleich vor dem Zechengelände begann und, genau wie die dann Richtung Südwesten verlaufende Autobahn, mit Autos verstopft war, von denen einige, nachdem wir schon ein gutes Stück gegangen waren und auf freies Feld kamen, unter ihrer weissen Verhüllung Teile ihrer farbigen Lackierung zeigten. Vor einem Campingbus, dem man aus mir unerklärlichen Gründen die Reifen der Hinterachse abmontiert hatte, machte der Doktor Halt. Die Seitentür war nicht verschlossen und leicht zu öffnen. Wir kletterten hinein, und ich schob auf Geheiß des Doktors die Tür hinter uns zu. Jetzt erst verstand ich, was er vorhatte und entledigte mich, so wie er, der scheußlichen Plane, unter der ich nur mühsam geatmet hatte. Trotz der Schieflage des Wohnmobils, kam mir sein Innenraum vor wie ein mit Polstermöbeln üppig ausgestattetes Wohnzimmer. Nicht nur in deutlichem Kontrast zu der grellweiß verstaubten Einöde da draußen, sondern auch zu unserem unterirdischen Domizil der letzten Monate.

Wir hätten wohl kaum gewusst, was wir in dieser Situation tun sollten, wenn nicht, kaum, dass wir einige Minuten verschnauft hatten, die Tür aufgegangen wäre. Ich hatte mich in die seitlich vom Eingang platzierte Sitzecke gekauert und konnte nur aus dem erschreckten Gesicht des Doktors, der die Tür im Blick hatte, ablesen, dass wir in Gefahr waren. Als er die Hände hochnahm, war vollends klar, dass es Ernst war. Ich blickte weiterhin starr geradeaus, wohl dem Impuls gehorchend, dass etwas, dass man nicht sieht, nicht existiert. „Raus hier!" brüllte der Mann in der Tür, der einen Schritt ins Innere gemacht hatte und dem Doktor ein Sturmgewehr, das mit einem groben Stück Sackleinen umwickelt war, ins Gesicht hielt. „Ich bin Arzt," sagte der Doktor. „Kann ich Ihnen helfen?" Jetzt sah ich, dass quer über den Handrücken des Mannes eine klaffende Wunde lief, die er sich wohl vor Kurzem zugezogen haben musste, denn ein noch frischer Streifen Blut lief ihm das Handgelenk hinunter und verschwand im Ärmel seiner Armeejacke, die am Ellenbogen schon völlig durchtränkt war. Der Mann hielt kurz inne und schnauzte zurück: „Das kann ja jeder sagen!" Der Doktor wies auf seine Tasche, die er an einem quer über den Oberkörper gespannten Riemen unter seiner Plane vor mir hergeschleppt hatte. „Ich habe Verbandszeug." Immer noch mit erhobenen Armen wandte sich der Doktor an mich: „Mach die Tasche auf und zeig sie ihm!" „Halt!" sagte der Mann und zog mit einem schmerzverzerrten Gesicht die Tasche blitzschnell zu sich herüber, ohne uns auch nur eine Sekunde aus den Augen zu lassen. „Mach sie auf!" sagte er zu mir, was ich umgehend tat, denn meine Schreckstarre war gewichen, und ich war bereit alles zu tun, um uns aus dieser misslichen Lage zu befreien.

Das gleich obenauf liegende Stethoskop überzeugte den Mann umgehend. Er senkte seine Waffe, drehte sich kurz um, wohl um sich zu vergewissern, dass ihm niemand gefolgt war und ließ sich dann neben mich auf den gepolsterten Sitz fallen. Der Doktor machte sich an die Arbeit und ich ging ihm, auf einen Wink hin, zur Hand. Es waren Routinearbeiten: Hemdsärmel aufschneiden, die Umgebung der Wunde desinfizieren und dem Doktor anreichen, was er gerade benötigte. Erik hieß der Mann, der sich, nachdem seine Wunde genäht und mit einer Gaze bedeckt worden war, erschöpft auf der Sitzbank ausstreckte und bald in einen unruhigen Schlaf fiel. Das Sturmgewehr hatte ich schon vor geraumer Zeit behutsam unter die Sitzbank geschoben, so dass Erik, als er erwachte, vergeblich seinen Kopf danach drehte. „Wenn Sie ihre Waffe suchen, die ist unter der Bank. Aber Sie brauchen sie nicht, wir tun Ihnen nichts." Dies hatte der Doktor mit einer Seelenruhe gesagt, die Erik auch dieses Mal wieder zu beruhigen vermochte.

„Sie haben mir die Reifen vom Wohnwagen geklaut."

„Das haben wir gesehen. Aber wer war das?" fragte der Doktor.

„Irgendwelche Flüchtlinge, als ich einige Stunden weg war, um Lebensmittel zu organisieren."

„Und die Wunde?"

„Ich musste meine Hand schnell zurückziehen, weil jemand kam, da habe ich mich am Fensterglas geschnitten."

Man hatte Erik bestohlen und er war seinerseits auf einen Beutezug gegangen. Da dieser erfolglos gewesen war, zog er die für ihn logische Konsequenz.

„Wenn wir keinen Kohldampf schieben wollen, müssen wir noch einmal los und etwas Essbares suchen."

Erik hatte tatsächlich „wir" gesagt. Offenbar hatte er unsere Gesellschaft akzeptiert. Durch sein Verhalten dämmerte mir allmählich, was über Tage los war. Hunger? Essbares suchen? Es war offensichtlich, dass hier oben andere Sitten herrschten als in unserem Bergwerk. Selbst der Doktor, der bis dahin stets eine Lösung wusste und dem ich blindlings vertraute, schien verunsichert.

„Jetzt sind wir zu dritt, da klappt das schon," sagte Erik, der, anders als der Doktor, genau zu wissen schien, worauf es jetzt ankam. Doch der Doktor wollte, bevor er den Ratschlägen Eriks folgte, mehr wissen. „Und die Strahlen. Wir haben keine adäquate Schutzkleidung, nur diese Plane und die hält höchstens den Staub ab, aber sonst auch nichts."

„Kann man vernachlässigen," sagte Erik trocken.

„Was?"

„Die Strahlung. Wir sind hier in der weissen Zone. Wenn Sie es nicht glauben, hier ist mein ABC-Anzeiger.“

Er kramte mit seiner gesunden linken Hand einen kleinen Apparat aus seiner Hosentasche, führte ihn vor seinen Mund, um einige Flusen fortzublasen, drückte dann auf einen Knopf und hielt ihn dem Doktor hin.

„Sehen Sie: Weiß. Keine lebensgefährlichen Strahlen oder andere Giftstoffe.“

Der Doktor sah mich an und ich sah den Doktor an.

„Offenbar seid ihr etwas schwer von Kapee. Wo kommt ihr her?“

Wir erzählten nun, dass wir die letzten Monate in einem improvisierten Bunker unter der Erde gelebt hatten, dort aber nicht hätten bleiben können, weil der Diesel in absehbarer Zeit zu Ende gegangen wäre und wir dann nicht mehr da herausgekommen wären. „Wo raus?“ denn nun war es an ihm, begriffsstutzig zu sein.

„Aus unserem Stollen. Um von da nach oben zu kommen, braucht man einen Förderkorb, einen Fahrstuhl, wenn ihnen das lieber ist, aber der funktioniert nur mit Elektrizität und da das Stromnetz nicht funktioniert, braucht man eben einen Generator, der Diesel verbraucht.“

„Ihr könnt ruhig Du zu mir sagen,“ meinte Erik, dem die Erklärung des Doktors einleuchtete. „Kenn ich, auf dem Bau, hatten wir auch so ein Ding. Aber nur für Notfälle, und wenn wir auf Montage waren, irgendwo auf dem Land, weit ab vom Schuss."

Erik war Bauarbeiter. War er dem Doktor vielleicht an Wortgewandtheit unterlegen, in praktischen Dingen gab er von nun an die Richtung vor. Die Strahlung sei am Anfang beträchtlich gewesen, da wäre das ganze Gebiet bis zur Autobahn in der gelben Zone gewesen, nicht in der roten, sondern in der gelben. Seit Wochen gäbe es zwar den Staub, den man tunlichst nicht einatmen oder verschlucken solle, aber die Strahlung sei nicht höher als irgendwo in der Eifel, wo es ja auch manchmal knistere, wenn man einen Geigerzähler an die richtigen Steine hielte. Er wäre schließlich von da und müsse es wissen. Aber das Problem sei ein ganz anderes und das würden wir bald merken.

Die schon Monate zurückliegenden Ereignisse, von denen wir nur den Anfang mitbekommen hatten, weil wir tief unten im Bergwerk die eintreffenden Patienten behandelten und von Nachrichten abgeschnitten waren, da weder TV, Radio noch Internet funktionierten, hatten eine Schockwelle nach der anderen über das Land geschickt. Mit jeder dieser Wellen, deren Epizentren weiter im Osten lagen, verließen immer mehr Menschen ihre Wohnungen. Zunächst in den Gebieten, die dann zur roten Zone erklärt wurden und von denen einige tausend sich bereits in erbärmlichem Zustand befindend, es bis in unser unteririsches Lazarett geschafft hatten. Dann machten sich auch die auf, die vom Anblick der an ihren Fenstern vorbeiziehenden Gestalten erschreckt, vor dem Reißaus nahmen, was sie sich als ihr eigenes Schicksal vorstellten, wenn sie nicht sofort die Flucht ergriffen. Die prekäre Informationslage trug wohl nicht wenig dazu bei, dass man eher den mit verbrannten Gesichtern Vorbeiziehenden glaubte als den unentwegt zirkulierenden Lautsprecherwagen des Katstrophenschutzes und der Feuerwehr, die zur Ruhe aufriefen.

Waren nicht auch wir in unserem sicheren Verließ den Geschichten aufgesessen, die unsere Patienten uns mit fiebernden Augen erzählten, bevor sie, nachdem der Doktor den Exitus festgestellt hatte, von mir sachgerecht in den Leichensack gesteckt wurden? Nur hatten wir, genauer gesagt der Doktor, anders als die oben auf den Straßen, sich zu langen Karawanen formierenden Flüchtlingsströme, die entgegengesetzte Schlussfolgerung gezogen. Nämlich, es sei besser in unserem sicheren Stollen zu bleiben und abzuwarten. Nun, jetzt waren auch wir, wegen knapp werdender Dieselreserven, an die Oberfläche gekommen und mussten uns entscheiden. So zumindest formulierte es Erik „Ihr müsst euch entscheiden!" Ich fragte mich, wozu? Aber der Doktor hatte wohl eher als ich begriffen, um was es ging. „Wenn wir hier im

Campingwagen bleiben, werden wir verhungern, oder?" Erik hob, als ob er die Frage abwehren wollte seine verbundene Hand. „Nicht gleich, es gibt hinter dem Bahndamm eine Siedlung, wo man noch einiges finden kann, aber langfristig, ja, langfristig sieht es düster aus, zumal wir um jede Konservendose kämpfen müssen, andere wollen schließlich auch essen."

So bereiteten wir uns darauf vor, am nächsten Morgen den fahruntüchtigen Campingwagen zu verlassen. Eines war klar, ohne dass weiter ein Wort darüber gewechselt wurde, wir würden zusammenbleiben. Die Motive für diese Entscheidung waren für einen jeden von uns verschieden. Erik war froh, dass er nicht mehr allein war und zudem einen Doktor im Gepäck hatte. Dieser, der Doktor, war angewiesen auf die Begleitung eines praktisch handelnden Mannes, der zudem bewaffnet und uns auch an Muskelkraft weit überlegen war. Und ich? Ja, was hätte ich anders tun sollen, als mich den beiden anzuschließen?

Wohin es gehen sollte, war mir völlig schleierhaft und doch, so entnahm ich den Gesprächsfetzen, der vor mir hertrottenden Männer, schien es eine auch schon in früheren Zeiten bewährte Richtung zu geben. Diese wurde zum einen durch das bestimmt, was uns buchstäblich im Nacken saß und irgendwo im Osten verortet werden konnte, zum anderen ging vom damit zwangsläufig die Richtung vorgebenden Westen eine Attraktivität aus, die nicht nur darin bestand, dass wir uns Tag für Tag von dem unwirtlichen gewordenen und gänzlich am Boden liegenden Land entfernten, sondern die einem zerbrechlichen Traum glich, der so gar nicht zu dem eher grobschlächtigen Erik und dem feingliedrigen Doktor passen wollte.

Die Schneefalter, welche mir schon aufgefallen waren, als wir das Bergwerk verließen, taumelten immer wieder an uns vorbei. Sie schienen, anders als wir, keine Richtung zu haben, mal tauchten sie vor uns auf, um sich kurz darauf erschöpft irgendwo im Gestrüpp seitlich der Straße niederzulassen. Mal überholten sie uns, um dann von irgendetwas weiter vorne, was ich nicht sah, aufgeschreckt zu werden und, hektisch mit den Flügeln schlagend, zurückzukehren. „Sie waren nicht immer weiß," sagte Erik, der die Falter aufmerksam beobachtete und immer dann, wenn sie vor uns plötzlich aufstoben, innehielt und nach dem umgehängten Gewehr griff.

So mochten wir eine oder zwei Wochen gegangen sein. Am späten Nachmittag hielten wir nach einer Bleibe Ausschau und, wenn wir dann in irgendeinem verlassenen Haus untergekommen waren, verzehrten wir, was uns unterwegs in die Hände gefallen war. Es war erstaunlich, was die Leute alles zurückgelassen hatten. Nicht nur Gegenstände, die einmal von großem Wert gewesen waren, sondern, was uns ausschließlich interessierte, ganze Vorratskammern voll von in luftdichter Folie eingeschweißten Lebensmitteln. „Sie haben sich lange vorbereitet und als es dann tatsächlich losging, war alles nutzlos," sagte der Doktor, welcher gerade ein Döschen Lachs zu einem westfälischen Pumpernickel verspeiste. Ich wollte schon fragen, warum, aber der Doktor kam mir zuvor.

„Sie sind in Panik geraten. Da kann keiner mehr klar denken. Da will man nur weg und denkt nicht daran, dass man den Keller voller Vorräte für den Notfall hat." Aber anscheinend hätten sie es immer gewusst.

„Was?" fragte ich. „Dass er eines Tages eintreten würde, der Ernstfall. Warum sonst haben sie alle diese Sachen gehamstert und so liebevoll eingepackt?" Er hatte tatsächlich liebevoll gesagt und in der Tat stand auf dem Päckchen Schokolade, das er gerade in der Hand hielt: „Für die Kinder" und auf einem anderen: „Nicht alles auf einmal essen!" Der Doktor packte die Schokolade und das Trockenobst in seine Manteltasche. „Für morgen", sagte er. Das machte er immer, wenn er etwas fand, was wir während unseres Marsches ohne viel Aufwand essen konnten. Erik nahm die kleinen Dienstleistungen des Doktors gerne an und revanchierte sich, indem er verdächtigen Gestalten, die am Wegesrand lungerten, sein grimmiges Gesicht zeigte und, was er mehrmals tat, sein Sturmgewehr kurz in horizontale Lage brachte. So versuchte jeder von uns dreien für die anderen nützlich zu sein. Ich selbst brauchte einige Tage, bis ich herausfand, womit ich zum allgemeinen Wohlbefinden und Gelingen unserer Reise beitragen konnte, bis es sich ganz von selbst erledigte. Ich gehorchte und machte einfach, was die beiden mich anwiesen zu tun. Sei es, dass ich mich flach auf den Boden warf, wenn Erik wieder einmal rief: „Alle runter!" oder dass ich, während die beiden schon zu Abend aßen, auf den Wunsch des Doktors hin, nach angemessenem Bettzeug Ausschau hielt.

Es musste kurz vor Enschede gewesen sein, als wir plötzlich vor einer Straßensperre standen, die, da hinter einer scharfen Kurve errichtet, keiner von uns rechtzeitig gesehen hatte. Warum waren wir nur so unaufmerksam gewesen? Es mochte wohl das stundenlange Trotten auf der bis dahin schnurgeraden Landstraße gewesen sein, während jeder mit sich selbst beschäftigt, seinen Gedanken nachhing, die nun durch bellende Befehle jäh unterbrochen wurden. Als der Langsamste und letzte von uns dreien, sah ich, wie einige Uniformierte sich auf Erik stürzten und ihm das Sturmgewehr entwanden, das er glücklicherweise nicht in Anschlag gebracht hatte. Es wäre wohl um ihn und vielleicht auch um den Doktor und mich geschehen gewesen, waren die Männer doch bis an die Zähne bewaffnet.

Verdattert fanden wir uns in einem Verschlag wieder, der eigens für Illegale errichtet worden war. Genau das sagte uns eine Beamtin, die uns gleich auf Deutsch angesprochen hatte. Wir seien illegale Migranten und als solche hätten wir kein Recht in diesen Bezirk einzudringen. Dieser sei seit kurzem seuchenfrei und dabei solle es auch bleiben. Wir konnten nur von Glück sagen, dass wir, außer dieser juristischen Belehrung, weder eine Strafe bezahlen mussten noch in Gewahrsam genommen wurden. Nur den langen Weg bis zur holländischen Grenze hätten wir uns sparen können. Zunächst erleichtert, doch dann zunehmend missmutiger, gingen wir unseren Weg zurück, bis wir an ein verfallenes Wirtshaus kamen, auf dessen Veranda wir einige Stunden zuvor Rast gemacht hatten.

Jetzt erst erfuhr ich, aus dem Gespräch zwischen dem Doktor und Erik, warum wir überhaupt versucht hatten, nach Holland zu kommen. Es war mir bis dahin gar nicht in den Sinn gekommen die beiden Männer, die deutlich älter als ich waren, nach den Gründen ihrer Entscheidungen zu fragen. Dem Doktor gegenüber fühlte ich mich immer noch als Assistent und Erik war sowieso jemand, der keinen Einspruch zuließ und dem man nur folgen konnte. Das Ziel war Rotterdam gewesen, wo Erik schon einmal im Containerhafen gearbeitet hatte und einen ehemaligen Arbeitskollegen um Hilfe bitten wollte.

Heute gingen wir nicht weiter. Wo sollten wir auch hin? Auch am nächsten Morgen wartete ich vergeblich, dass einer der beiden einen Vorschlag machte. „Vielleicht kommen wir mit dem Schiff weiter," sagte Erik schließlich. „Wir laufen bis zum Rhein und sehen, dass wir auf einen Kahn kommen. Die meisten fahren sowieso bis Rotterdam. Wenigstens haben sie das früher gemacht."

Da dem Doktor nichts Besseres einfiel, wiederholte er die letzten zwei Worte. „Wenigstens früher." Was von Erik als eine Art Zustimmung aufgefasst wurde. Wir schnappten unser Gepäck, das hauptsächlich aus Decken für die Nacht, auf drei Säcke verteilte Konserven und dem ein oder anderen Kleidungsstück bestand und gingen los. Auch dieses Mal ging Erik voran, der, weil um sein Sturmgewehr, das ihm die Holländer abgenommen hatten, erleichtert, noch schneller lief als sonst. Ich blieb bald zurück, nicht etwa aus Respekt vor Erik und dem Doktor, der neben ihm ging, sondern weil ich einfach nicht mehr mitkam. Bald waren sie hinter einer Wegbiegung verschwunden, bis ich sie dann auf gerader Strecke wiedersah. Hätte Erik nicht irgendwann angehalten, weil er einen Kirschbaum entdeckt hatte, den zu plündern der Hunger befahl, ich glaube, ich hätte die beiden aus den Augen verloren. So aber machte auch ich mich daran, die süßen Früchte von den schwer tragenden Zweigen zu pflücken.

Aber die Idee auf einem Lastkahn bis Rotterdam zu fahren, zerschlug sich rasch, als wir den Rhein erreichten. Gleich da, wo wir auf sein Ufer stießen, lag einer dieser Kähne, der irgendwann Schotter, Sand oder Kohle den Rhein hinaufgefahren hatte. Jetzt aber war er ein Wrack, das wohl, von seinem Kapitän in Ufernähe auf Grund gesetzt worden war. Wir nutzten die verwaiste Kajüte, um in ihrem Schutz die Nacht zu verbringen. Erik stand manchmal auf und beobachtete den Fluss. Jedes Mal kam er mit derselben Nachricht zurück. „Es gibt keinen Verkehr. Kein Schiff zu sehen, weder stromauf noch stromab."

Eriks Plan, Rotterdam zu erreichen, um von da aus weiterzukommen, war durch diese Tatsache zunichte gemacht worden. Den ganzen Tag hatten wir untätig auf den Fluss gestarrt, nun lag es beim Doktor, einen Vorschlag zu machen.

„Wir gehen einfach weiter," sagte er. „Morgen gehen wir einfach weiter. Das ist schließlich das Einzige, was wir machen können, weiterwandern."

Erik nickte, machte aber, noch bevor ich den Mund öffnen konnte, die Frage, die mir auf der Zunge lag.

„Aber wohin?"

„Da wir zu Fuß sind und an guten Tagen vielleicht dreißig, an schlechten kaum mehr als zwanzig zurücklegen, warum nehmen wir dann nicht einen Weg, der schon oft gegangen und in eben diesen Abständen Rastmöglichkeiten bietet?"

Ich sah an seinem Gesichtsausdruck, dass auch Erik nicht verstanden hatte, worauf der Doktor hinauswollte. „Wir pilgern," erläuterte er und war jetzt sichtlich von der eigenen Idee animiert. „Wir müssen nur den Anfang eines der vielen Wege nach Santiago de Compostela finden, dann geht es immer weiter, fast automatisch und fast immer nach Westen, das ist doch unsere Richtung, oder?" Erik fiel die Kinnlade herunter, hatte aber offenbar keine bessere Idee. Also machten wir uns auf die Suche nach einem Weg Richtung Westen, auf den wir unweigerlich treffen würden, wenn wir nur lange genug den Rhein entlang gingen. Dies war die felsenfeste Überzeugung des Doktors, der in den nächsten Tagen beherzt die Führung über unsere dreiköpfige Truppe übernahm und kräftig voranstürmte.

3. Dieses Mal auch der Dom

Wenn vom Kölner Dom nicht wenigstens die Vorderfront stehen geblieben wäre, ich hätte ihn nicht erkannt. Es waren schließlich die entsetzten Ausrufe Eriks, die mir Gewissheit gaben, dass dieser Trümmerhaufen tatsächlich der Dom war, gewesen war, um der Wahrheit zu entsprechen. Nachdem wir eine Weile auf einem dieser aus großer Höhe herabgestürzten und vor langer Zeit von Meisterhand behauenen Bruchstücke gesessen hatten, sah ich, dass wir nicht allein waren. Jetzt, in der Abenddämmerung, flammten zwischen den Trümmern vereinzelte Feuer auf, um die jeweils einige Gestalten hockten. Es waren die ersten Menschen seit den holländischen Grenzbeamten, die wir zu Gesicht bekamen.

Erst am nächsten Morgen fassten wir Mut, uns ihnen zu nähern. Denn auch Erik, seit er seine Waffe nicht mehr hatte, war deutlich zurückhaltender geworden. Der Doktor, höflich wie immer und von einer Art, die gerade der leidenden Kreatur rasch Vertrauen einflößt, hielt der uns am nächsten sitzenden Gruppe eine geöffnete Konservendose hin. Deren süßlicher Pfirsichduft wendete die Situation blitzschnell zu unseren Gunsten. Ein junger Mann, der zu einem Stock gegriffen hatte, als wir die ersten Schritte auf die Gruppe zu machten, ließ diesen fahren und bat uns, doch Platz zu nehmen. Während sie mit den bloßen Fingern die halben Pfirsiche aus der Dose angelten und sie hastig verspeisten, erfuhren wir, wen wir da vor uns hatten.

Es handelte sich um eine Gruppe von Katholiken. Deswegen, weil sie Katholiken seien, hätten sie im Dom Zuflucht gesucht oder doch zumindest dort, wo er einmal gestanden habe. Noch nicht einmal im Weltkrieg sei dieser zerstört worden. Er hätte, so eine magere Frau, deren Alter ich auf vielleicht vierzig Jahre schätzte, als einziges Gebäude in einem Meer von Ruinen überlebt, aufrecht und unerschütterlich wie ein Fels in der Brandung. „Aus ewigem Stein erbauet, von Gottes Meisterhand ...“ fügte sie hinzu. Damit hatte sie wohl das Stichwort gegeben, denn die mit uns im Kreis sitzenden und sich noch die Finger leckenden Christen stimmten ein Lied an, in das bald auch die entfernter Sitzenden einfielen. „Ein Haus voll Glorie schauet, weit über alle Land, aus ewigem Stein erbauet ...“ So ertönte es zwischen den Ruinen und ging eine ganze Weile zwischen den Feuerchen hin und her. Immer wenn der Gesang zu ersterben drohte, stimmte eine andere Gruppe, manchmal nur an den flackernden Schatten erkennbar, die sie auf die Trümmer warf, das Lied erneut an. Der Doktor lächelte und Erik schnappte nach der leeren Dose, in der sie nur einen Schluck Pfirsichsaft gelassen hatten, während ich selbst mich fragte, was ich von dieser Situation halten sollte. Das Lied wollte so gar nicht zu dem Trümmerfeld passen. Nichts Ewiges war hier zu sehen, sondern, wenn man sich schon auf den überschwänglichen Text des Kirchenliedes einlassen wollte, eher das genaue Gegenteil: Zerstörung, Verwüstung, Endlichkeit und von Gott weit und breit keine Spur.

Langsam verstummten die Lieder und auch die Feuer erloschen nach und nach. Wir kauerten uns, ein jeder so gut er es vermochte, zwischen die Trümmer. Als es noch hell war, hatte Erik ein violettes Tuch unter den Steinen hervorgezogen, das uns jetzt gute Dienste tat. Es mochte noch vor Kurzem der Vorhang eines Beichtstuhls gewesen sein, oder vielleicht auch in der Karwoche ein Kruzifix verhüllt haben. Wir deckten uns damit zu und fanden bis zum Morgengrauen zwischen den Grundmauern des Doms Zuflucht und einen unruhigen Schlaf.

Ich lag schon eine Weile wach, als die ersten Sonnenstrahlen auf diese herzzerreißende Kulisse fielen. Irgendwo zwischen den Trümmern schwankte ein Fähnchen an einer Latte, die von einem mageren Ärmchen gehalten wurde. Bald wurde das Männchen sichtbar, das zu diesem Arm gehörte. Es kletterte auf ein über die Steine gelegtes Brett, das wohl einmal Teil einer Kirchenbank gewesen war, und rief etwas, das ich nicht verstand. Die Gesänge verstummten und einige Wortfetzen wehten zu uns herüber, die von den Umhersitzenden mit einem zustimmenden „Amen!" beantwortet wurden. Einige erhoben sich, andere taten es ihnen nach und bald sah man den schwankenden Wimpel hinter einer Mauer verschwinden, gefolgt von einer Schar geduckter Gestalten, die in einen sich wiederholenden Singsang einfielen.

Wir drei hatten uns ebenfalls erhoben, obwohl keiner uns dazu aufgefordert hatte. „Es sind Pilger", sagte der Doktor. „Ja", sagte Erik und griff nach dem Sack mit den verbliebenen Konserven. Ohne dass einer dazu ein Kommando gegeben hätte, machte ich ein paar Schritte in die Richtung, in die gerade die letzten Pilger verschwunden waren, blieb dann aber stehen und klopfte mir den Staub von den Hosenbeinen. „Warum nicht?" sagte der Doktor. „Wo sollen wir auch sonst hin," knurrte Erik und so begannen wir, dem armseligen Haufen zu folgen, der hinter einem Fähnchen herzog, das schon nicht mehr in unserer Sichtweite war. Irgendwer schien ein Ziel zu haben, irgendwer schien den Weg zu wissen.

„Bist Du katholisch?" fragte mich Erik, nachdem wir eine Weile schweigend nebeneinander hergegangen waren. „Nein," sagte ich, aber meine Mutter war es. „Lebt sie noch?" Ich wusste es nicht genau. Ich hatte sie schon drei Jahre nicht mehr gesehen. Sie war aus dem Haus gegangen und einfach nicht wiedergekommen. Mein Vater, der damals noch lebte, sagte mir, dass sie einen anderen hätte, aber dass sie bestimmt bald wiederkäme, ich solle mir keine Sorgen machen. Monate vergingen ohne eine Nachricht. Dann starb er und meine Mutter kam nicht wieder. Ich ging noch einige Zeit sonntags in die Kirche. Sie hatte mich immer dorthin mitgenommen. Dann, als ich achtzehn war, ließ ich es bleiben. Nicht, weil ich achtzehn geworden war, sondern weil meine Gebete nicht erhört worden waren. Dies alles dachte ich und erschrak, als Erik seine Frage wiederholte. „Lebt sie noch?"

„Ich hoffe es," antwortete ich, „aber ich weiß nicht, wo sie ist."

„Das geht vielen so," sagte Erik. „Meine Familie habe ich auch verloren, in der Zeit als bereits alles drunter und drüber ging und jeder nur noch an sich dachte."

Wir gingen noch einige Kilometer, bis wir an ein Gasthaus kamen, vor dem sich schon eine Anzahl Pilger niedergelassen hatte. Aus dem Fenster im Dachgiebel hing eine Fahne, die dieselbe Farbe hatte wie der Wimpel unseres Anführers.

Kurz vor Bad Münstereifel stießen weitere Leute zu uns, die, wie sie sagten, in Bonn auf Busse gewartet hätten, die aber nicht gekommen wären, wohl, weil weiter östlich die Feindseligkeiten wieder begonnen hätten. In Rheinbach wollten sie übernachten, aber das wäre ihnen dann doch noch zu nahe an Bonn gewesen, denn dort, das hätte man aus der Ferne sehen können, seien riesige Rauchwolken aufgestiegen. So sind sie weitergezogen. Früher oder später wären sie sowieso auf uns gestoßen, denn der aus Bonn kommende Jakobus-Weg würde sich hier, genauer gesagt, auf der Brücke über den Kornbach, mit dem Weg aus Köln treffen. Als das Wort Köln fiel, begann eine Frau zu schluchzen und mehrere andere riefen: „Der Dom! Der Dom!" Offenbar wussten sie schon was mit diesem geschehen war, hatten sich aber noch nicht mit dessen Schicksal abgefunden. In diesem Moment, angesichts der weinenden Gläubigen, kam ich mir fast hartherzig vor, denn wir hatten mitten in dem Trümmerhaufen übernachtet und ich hatte, außer dass mir fröstelte, keinerlei Empfindungen gehabt. Selbst der ansonsten hartgesottene Erik schien im Anbetracht des zusammengebrochenen Doms für einige Augenblicke die Fassung verloren zu haben.

Der Doktor, der sich bei unserer Ankunft das Stethoskop umgehängt hatte, war gleich, nachdem er sich als Arzt zu erkennen gegeben hatte, von allerhand Leuten umlagert worden. Ich hatte mich unbemerkt entfernen können, denn in der Stimmung, dem Doktor wieder einmal als Assistent zur Hand zu gehen, war ich einfach nicht. Die Frage Eriks nach meiner Mutter hatte an ein Thema gerührt, zu welchem der Trubel um den Doktor nicht passte. Ich wollte allein sein.

Wann hatte alles begonnen? Diese Frage bewegte mich. Warum hatte ich nicht vor dem Verschwinden meiner Mutter gemerkt, dass etwas im Argen lag? Etwas, das so gravierend war, dass sie Mann und Kind von einem Tag auf den anderen verlassen konnte. Ich versuchte mich zu erinnern und wendete selbst die Erinnerung an scheinbar nebensächliche Details hin und her. Manchmal hatten sie diskutiert, ja, aber es ging um Dinge, die nichts mit uns zu tun hatten. Meistens nach der Tagesschau oder wenn mein Vater etwas in der Zeitung gelesen hatte, das ihn erregte. „Sie lügen! Sie lügen!" sagte er oft und meine Mutter versuchte ihn zu besänftigen, aber das machte ihn nur noch wütender. Nicht auf sie, nein, auf das, was er im Fernsehen gesehen hatte. Zumindest hatte ich es so verstanden, aber irgendetwas musste mir wohl entgangen sein. In dieser Zeit begann meine Mutter ein grünes Armband zu tragen, was meinen Vater nun auch gegen sie aufbrachte. Es wollte mir damals noch nicht in den Kopf, dass die Politik sogar Menschen, die sich einmal geliebt hatten, gegeneinander aufbringen konnte. Und die Sache mit dem Armband? An die erinnerte ich mich erst wieder als ich sie den auf unserer Station im Bergwerk verstorbenen Patienten, vom Handgelenk schnitt. Unsere weissen Armbänder trugen der Doktor und ich übrigens immer noch. Morgen würde ich ihn fragen, warum.

Wir hatten verabredet, uns in der Stiftskirche St. Chrysanthus zu treffen. Es war der Doktor, der ihren merkwürdigen Namen in einem Falt-

blatt gelesen hatte, das er am Straßenrand gefunden hatte. Außer einigen Informationen, die
wohl früher für Touristen nützlich gewesen sein
mochten, wie der Hinweis auf ein sehenswürdi-
ges Damwild-Gehege, war hier, neben Fotos der
schönsten Fachwerkhäuser des Orts, eine Lage-
skizze zu sehen, in der eben diese Kirche ein-
gezeichnet war, zentral, mitten in der Altstadt.
Deshalb hatten wir uns dort verabredet.

Als ich ankam, war vom Doktor nichts zu
sehen. Ich machte die schwere Kirchentür auf
und wich gleich erschrocken zurück. Drinnen
stand ein Feldbett am andern, auf denen Menschen lagerten, die entweder krank sein mussten oder vom langen Marsch so müde waren,
dass sie sich erschöpft niedergelegt hatten. Ich
ließ die Kirchentür hinter mir ins Schloss fallen
und setzte mich auf eine Bank, von der aus ich
den Vorplatz gut übersehen konnte. Fast wäre
ich eingenickt, wenn nicht plötzlich ein Rudel
Damwild, aus einer Seitenstraße kommend, quer
über den Platz gelaufen wäre und ebenso plötzlich wie es gekommen war, verschwand. Kaum
hatte ich mich von dem überraschenden Anblick
befreit, erschien in der gleichen Straße, aus der
zuvor das Wild hervorgebrochen war, ein Mann
mit gebeugtem Kopf und einem Hirsch über den
Schultern, dessen Beine links und rechts leblos
herunterbaumelten. Es war Erik, der, als er den
Kopf hob und mich sah, nicht lange zögerte,
um die Last abzuwerfen und mir Anweisungen

zu geben. „Gut, dass du da bist! Du kannst mir helfen. Ich brauche Wasser, Holz und einen Fleischerhaken, aber ein Strick tut es auch."

Wo in aller Welt sollte ich einen Fleischerhaken herbekommen? Aber ich wusste, dass mit Erik nicht zu spaßen war und machte mich auf den Weg. Vielleicht gab es irgendwo in den Gässchen der Altstadt eine Fleischerei. Die Leere der Straßen kontrastierte mit der Menge, die ich kurz zuvor in der Kirche gesehen hatte. Auch von unseren Pilgern war keine Spur. Mich an Erik und sein forderndes Gesicht erinnernd, klopfte ich an die nächste Haustür. Wieder und wieder klopfte ich, aber niemand öffnete. Ich ging die Straße weiter hinab und blieb noch vor mehreren Türen stehen. Eine hatte sogar einen mittelalterlich anmutenden Türklopfer, den ich mehrmals betätigte. „Hallo!" rief ich durch ein geöffnetes Seitenfenster, wusste aber schon, dass auch dieses Mal niemand antworten würde. Ich betätigte den Türgriff. Die Tür ging auf. „Hallo!" rief ich wieder, um auszuschließen, dass mich irgendjemand im halbdunklen Korridor überraschte. Schritt für Schritt tastete ich mich voran, mich langsam an das Dämmerlicht gewöhnend. Die Küchentür stand offen. Bald hatte ich ein scharfgeschliffenes Fleischermesser gefunden. In einer Schublade war ein Stück Kordel, reißfest und lang genug, um den Damhirsch zum Ausweiden aufzuhängen. Denn das hatte ich schnell begriffen, Erik wollte uns heute ein gutes Stück gebratenes Fleisch servieren. Es fehlte nur noch das Holz, das aber war sicherlich leichter zu beschaffen, als ein Messer oder ein Strick. Ich eilte zum Kirchplatz zurück.

Mit wenigen Handgriffen hatte Erik das Wild an einem Fenstergitter aufgehängt. Er schlitzte ihm den Bauch auf, so dass die Gedärme platschend auf den Boden fielen. Das Blut lief über das Pflaster in den nächsten Gully und ich sah zur Seite, weil ein flaues Gefühl in mir aufzusteigen begann.

„Da hätte man früher Blutwurst raus gemacht," sagte Erik und bedauerte, dass dieses unter den momentanen Umständen nicht möglich sei. Holz solle ich besorgen und vielleicht noch ein paar Teller, ob es die in dem Haus, wo ich war, nicht auch gäbe. Ich eilte zurück und brachte allerlei Utensilien mit, die mir für das bald anstehende Mahl nützlich zu sein schienen. Unter anderem eine weiße Tischdecke, drei Gabeln und einen gefüllten Salzstreuer. Wie sich später herausstellte war alles dies unnütz, denn kaum drehte sich das Wildbret über dem Feuer, kamen, durch den Bratenduft angelockt, immer mehr Leute herbei. Sogar aus der Kirche traten einige bleiche Gestalten, die ihre Absicht nicht verbargen, das köstliche Stück Fleisch mit uns zu teilen. Doch da hatten sie die Rechnung ohne den Wirt gemacht. Als nach einigen Stunden, in denen mein Magen knurrte und mir das Wasser im Mund zusammenlief, das Wildbret endlich durchgegart war, gab mir Erik ein Zeichen. Geschwind fasste jeder von uns jeweils ein Ende des Spießes und flugs, ehe die herumlungernden Leute begriffen, was wir vorhatten, ging es die Gasse hinunter, wo wir, am Haus angelangt, in dem ich mich mittlerweile gut auskannte, flink eintraten und die Tür hinter uns zuzogen. Fast wäre der Doktor, der in beträchtlichem Abstand hinter uns herlief, weil er unsere Absicht erst verspätet erkannt hatte, von den ersten Verfolgern erreicht worden. So aber konnten wir ihm noch im letzten Moment die Tür öffnen und sie dann rasch hinter ihm verriegeln. Während ich den Wohnzimmertisch deckte und der Doktor sich von dem seinem Alter nicht mehr gemäßen Kurzstreckenlauf im Ohrensessel erholte, zerlegte Erik in der Küche den Wildbraten in handliche Stücke. Dass draußen einige besonders Habgierige ohne Unterlass gegen die Tür hämmerten, tat unserem Appetit keinen Abbruch.

In dieser Nacht blieben wir in unserem neuen Domizil, jeder schlief in einem eigenen Bett, so gut wie schon seit Wochen nicht mehr. Was sage ich, Wochen? Es war Monate her, dass ich das letzte Mal in einem mit duftenden Laken bespannten Bett geschlafen hatte. Ich erwachte als Erik begann in der Küche herumzuhantieren. Fleisch wollte niemand mehr, so naschten wir am Eingemachten, das der Doktor im Keller entdeckt hatte. Erik hatte den Rest des Wildbrets, immerhin wohl an die zehn Kilo, auf einige Beutel verteilt, die er in einen Rucksack steckte, den er in einem Schrank gefunden hatte. Bald waren wir wieder unterwegs. Einige hungrige Augenpaare verfolgten uns.

Es dauerte einige Tage, bis wir in Trier waren. Hier spaltete sich der Pilgerzug, den wir bald eingeholt hatten und dem wir dann in gemächlichem Tempo gefolgt waren. Die einen nahmen rechterhand den Weg nach Luxemburg, der, ich muss es gestehen, mir als der einfachere erschien. Die Straße war asphaltiert und, wenigstens auf dem ersten Stück, das ich übersehen konnte, ohne bedeutende Steigungen. Der Doktor hielt mich jedoch zurück. Auch Erik sah sich eine ganze Weile genau an, wer den geraden Weg nahm und wer, den holprigen Wanderweg Richtung Süden bevorzugte. Nur wenige taten dies, die meisten trotteten die Asphaltstraße weiter geradeaus und ließen uns im Schatten einer Linde, an der ein Pfeil unter der handgroßen Nachbildung einer Muschel befestigt war, zurück. Von nun an folgten wir nicht anderen Menschen, sondern diesen Pfeilen, die an Weggabeln auf Findlinge gemeißelt oder an Häuserwände gepinselt, uns die Richtung wiesen. Manchmal war es auch nur diese Muschel, gemeißelt, geschnitzt oder gemalt, die den Wanderer wissen ließ, dass er auf dem richtigen Weg war.

Wir gingen und gingen, schliefen irgendwo am Wegesrand, in Scheunen und, wenn wir Glück hatten, in einem der verlassenen Bauernhäuser. Am deutsch-französischen Grenzübergang, der zwar mit einem Pfahl markiert, aber seit Jahren unbewacht war, stand jetzt wieder ein Posten. Es waren Frauen und Männer vom Katastrophenschutz, die sich daran machten Gitter, wie sie bei Konzerten oder Demonstrationen zum Zurückhalten großer Menschenmassen benutzt werden, quer über die Straße zu stellen. Wir beschleunigten unsere Schritte und konnten noch passieren, ehe die Grenze hinter uns geschlossen wurde.

„Das ist jetzt gelbe Zone," sagte eine der Frauen und wies in die Richtung, aus der wir gekommen waren. „Warum?" fragte der Doktor. „Der Wind hat gedreht," antwortete die Frau und begann eine klirrende Kette längs durch die Absperrung zu ziehen.

Ich hätte gerne gewusst, über was der Doktor und Erik sprachen, als sie vor mir hergingen und Erik sogar manchmal, als ob er den Doktor belehren wollte, den Zeigefinger der rechten Hand hob. Aber nur manchmal, wenn Erik den Kopf seitlich drehte, konnte ich einen Satzfetzen auffangen, von denen „Da müssen wir hin!" noch der vollständigste war. Aber so sehr ich mich auch mühte, konnte ich nichts über dieses Ziel, das Erik offenbar so deutlich vor Augen stand, erfahren. Der Doktor nickte einige Male mit dem Kopf, immer dann, wenn Erik zur Seite blickte und vom Doktor wohl eine Antwort erwartete. Manchmal sagte er etwas und sah sich dann nach mir um, was mir keinen gelinden Schrecken einjagte. Über was mochten sie reden? Zu fragen traute ich mich nicht, weil ich alles vermeiden wollte, um den beiden zur Last zu fallen, oder ihnen eine wie auch immer geartete Unannehmlichkeit zu bereiten.

Erik und der Doktor blieben plötzlich stehen und, als ich schon dicht hinter ihnen war, flüsterten sie mir zu, dass ich aufpassen sollte. Tatsächlich sah ich bald, was Grund ihrer Besorgnis war. Unten im Tal, das von unserem höhergelegen Wanderweg gut eingesehen werden konnte, bewegte sich eine Kolonne von Militärfahrzeugen, angeführt von zwei uniformierten Motorradfahrern.

„Lastwagen und Schützenpanzer," sagte Erik, nach dem wir uns hinter einen Strauch geduckt hatten und versuchten herauszufinden, was da unten vor sich ging. Es mochten gut dreißig Fahrzeuge gewesen sein, die fast im Schritttempo in die Richtung fuhren, aus der wir gekommen waren. Gerade war der eine der Motorradfahrer vor einer Abzweigung abgestiegen, wohl um der Kolonne den Weg zu weisen. Als er mit seiner rotweißen Kelle nach vorne zeigte, blickte er zu uns hinauf, was uns drei dazu brachte, ohne dass dazu ein Kommando nötig gewesen wäre, blitzschnell die Köpfe einzuziehen. Erst als der Motorenlärm sich immer weiter entfernte, erhob Erik sich langsam. Die Kolonne war verschwunden. Man hatte uns nicht gesehen.

„Es waren Söldner oder irgendwelche paramilitärischen Truppen. Französische Armee war das nicht."

„Wieso?" Der Doktor und nahm mir mit seiner Frage wieder einmal das Wort aus dem Mund.

„Wegen der Uniform, das sieht man doch." Der Doktor, der offenbar vom Militär genauso wenig verstand wie ich, gab sich damit zufrieden und fügte hinzu: „Und was bedeutet das?" Erik hob die Schultern.

„Wer weiß. Vielleicht kontrolliert die französische Regierung diese Gegend nicht mehr. Vielleicht hat sie Söldner zur Unterstützung angeheuert. Wer weiß." Auf jeden Fall zogen wir jetzt nicht mehr so unbekümmert unseres Wegs wie zuvor. Hin und wieder blieben wir stehen und horchten, ob sich nicht jemand näherte. Wenn wir Rast machten, wählten wir dazu einen Platz, der uns zwar ausreichend Sicht auf die Umgebung bot, aber wo wir selbst nur schwer gesehen werden konnten. Die wenigen Pilger, die mit uns den schmaleren Weg gewählt hatten, waren schon lange hinter uns zurückgeblieben. Bis vor einigen Tagen waren wir ihnen gefolgt, dann hatten wir sie eingeholt und waren an der singenden und fahnenschwingenden Gruppe einfach vorbeigezogen. Sie gingen langsamer als wir, wohl auch, weil etliche Alte unter ihnen waren, von denen einige in klapprigen Rollstühlen geschoben wurden. Ich fragte mich, warum wir ausgerechnet diesen merkwürdigen Leuten gefolgt waren. „Hast Du eine Landkarte?" Diese Frage Eriks verstand ich nicht gleich, wurde aber rasch aufgeklärt. „Der Weg, auf dem wir sind, geht Richtung Südwest, manchmal mehr Richtung Süden, manchmal eher Richtung Westen, auf jeden Fall lassen wir den Osten hinter uns und darum geht es." Tatsächlich brauchten wir jetzt die Pilger nicht mehr, der Weg ging schnurgeradeaus und war immer dann, wenn man an einer Weggabelung Zweifel haben konnte, mit einem Zeichen versehen. Wenn es statt eines einfachen Pfeiles eine Muschel war, freute ich mich. Sie hatte mittlerweile etwas Vertrauenerweckendes für mich, etwas, das mir zu sagen schien, dass ich nicht verloren war, sondern nur einen Schritt vor den anderen setzten musste, um an mein Ziel zu kommen. Aber was war das Ziel? „Weg, nur weg!" sagte Erik und der Doktor fügte hinzu: „Nicht die Richtung verlieren. Vor allem nicht im Kreis laufen oder gar Richtung Osten." Eine Zeitlang hatte ich die Muscheln gezählt, so als ob ich damit die Entfernung messen könnte, vielleicht war es auch so etwas, wie ein gedankliches Tagebuch, denn manchmal sagte ich am Abend zu mir selbst, wenn wir irgendwo untergekrochen waren und unsere kärglichen Mahlzeiten teilten: heute zwei Muscheln gesehen, oder auch: heute drei Muscheln gesehen. Mehr als drei waren es nie. Einmal jedoch gingen wir den ganzen Tag und keine Muschel kam in Sicht. „Wir müssen zurück,“ sagte Erik, was wir dann am nächsten Morgen auch taten. In der Tat waren wir an einer Stelle, wo, man sah es jetzt ganz deutlich, jemand das Brett mit dem darauf gemalten Pfeil, in die falsche Richtung gedreht hatte. In eben diese waren wir abgebogen. Nach ein paar Kilometern sichtete der Doktor wieder eine in einen Findling gehauene Muschel. Ich hockte mich in den Sand neben den mannshohen Stein, um ganz in ihrer Nähe zu sein. An das Meer musste ich denken und an einen Strand, wo mein Vater für mich eine Sandburg gebaut hatte. Meine Mutter saß in einem Strandkorb und las, manchmal sah sie auf und nickte mir zu.

Wie viele Pilger mochten schon hier vorbeigezogen sein? Wie viele hatten schon die gleiche Erleichterung gespürt, wie ich in diesem Augenblick. „Komm, weiter!“ sagte Erik und der Doktor hielt mir die Hand hin, um mir aufzuhelfen. Er lächelte. Es war das erste Mal, dass ich den Doktor lächeln sah.

Von da an rasteten wir immer am nächsten Wegzeichen, am liebsten an einer Muschel, aber, wenn wir sehr müde waren und keine Muschel in Sicht war, auch an einem der Pfeile. Ich glaube, ich war es, der damit anfing. „Gottseidank!“ hatte ich einmal ausgerufen, als nach einer ermüdenden Bergstrecke endlich ein Zeichen in Sicht kam. Es war ein steinernes Kreuz, das oben auf der Anhöhe von weither sichtbar war und eine baldige Rast in Aussicht stellte. Von da an sagten es die beiden anderen ebenfalls. Erik laut und vernehmlich, der Doktor eher zurückhaltend. Ich verstand einige Tage später warum, denn er betonte das Wort „Gottseidank", das für mich nichts anderes als ein freudiger Ausruf war, auf eine merkwürdige, pausierende Art, so dass es in seine Bestandteile zerlegt wurde. „Gott sei Dank!" Für den Doktor war diese spontane Danksagung an Gott Grund genug, die Stimme zu dämpfen, nicht, wie ich zuerst vermutete, weil er damit dem Ausruf mehr Würde verleihen wollte, sondern weil er, wie er mir später erklärte, Atheist war. Dies gestand er mir als wir gegen Abend, an eine Mauer gelehnt, Rast machten. Erik hatte gefragt, ob wir für heute Schluss machen sollten, was wir bejahten. „Dann bleiben wir eben hier," und Erik machte sich daran, einige Bretter herbeizuschleppen, an denen wir kurz zuvor vorbeigegangen waren. Mir schien, dass der Doktor Eriks kurze Abwesenheit nutzte, um mit mir zu reden, ohne sich dessen spöttischem Lächeln auszusetzen. Denn das hatte Erik schon öfter gemacht. Besonders, wenn der Doktor ein Fremdwort benutzte oder, um uns etwas zu erklären, weit ausholte und sogar Autoren zitierte, von denen weder Erik noch ich je gehört hatten, zog er den rechten Mundwinkel hoch und setzte dieses verächtliche Lächeln auf. Manchmal ließ er sogar ein Schnalzen hören, was entsteht, wenn man die Zungenspitze von innen gegen die Schneidezähne drückt und sie dann blitzschnell zurückzieht. Gut, jetzt wo Erik sich entfernt hatte, sah der Doktor mich an und sagte, mit einem Gesicht, wie man es macht, wenn man eine Missetat gesteht. „Ich bin Atheist."

Ich selbst, seit ich nicht mehr in die Kirche ging, hatte aufgehört zu beten und mir war es eigentlich egal, ob die anderen an Gott glaubten oder nicht. Das Gesicht des Doktors und sein ängstlicher Blick in die Richtung, in die Erik verschwunden war, sagten mir jedoch, dass dieses Thema für den Doktor alles andere als erledigt war. Doch schon erstarb das Gespräch, bevor es richtig begonnen hatte, denn Erik erschien mit einigen Brettern unter dem Arm, deren Ende er hinter sich her schleifte, warf sie vor uns ab und ging gleich wieder los. „Wir brauchen noch mehr," sagte er und entfernte sich wieder. Der Doktor aber setzte sich etwas abseits ins Gras und schwieg.

Ich konnte nicht umhin, als es auf das lange Gehen zu schieben. Wenn man wochenlang Schritt vor Schritt setzt, werden mit jedem Tritt auf den harten Boden Wellen von Erschütterung durch den Körper geschickt, welche gegen die harten Stellen in unserer Seele prallen und diese langsam in Schwingung versetzen. Zumindest erklärte ich mir so die zerknirschte wenn nicht gar weinerliche Stimmung, die den Doktor auch jetzt wieder überfallen hatte. Auch bei mir selbst stellte ich einige Veränderungen fest, die, wenn ich so vor mich hinblickte und einmal der rechte und dann der linke Fuß in mein Gesichtsfeld kam, hauptsächlich darin bestand, dass ich mich an früher erinnerte. Das monotone Gehen schaffte es offenbar, die Erstarrung zu erschüttern, die von mir während der Zeit in den dunklen Stollen des Bergwerks Besitz ergriffen hatte. Doch ebenso unverhofft wie ich, während wir Kilometer um Kilometer dahinzogen, Zugang zu den lieblichen Gerüchen und verspielten Farben meiner Kindheit bekam, schloss sich das Fenster in die Vergangenheit wieder. Es reichte, dass uns der Doktor wieder einmal darum bat, man solle doch endlich wieder eine Pause machen, oder, was mich jedes Mal jäh in die Gegenwart zurückholte, dass Erik von vorne rief, wir sollten schnell in Deckung gehen. Er schien von uns dreien, derjenige zu sein, dem das lange Marschieren am wenigsten zusetzte. Er betrachtete die regelmäßigen Abstände zwischen Wegpfeilen und Muscheln lediglich als praktischen Hinweis, sowohl, was die Richtung als auch, was die tägliche Einteilung unserer Wegstrecke betraf. Gedanken über die lange Tradition dieses Weges und über diejenigen, die ihn vor uns gegangen waren, machte er sich offenbar nicht. Doch dieser Weg war schon seit Jahrhunderten von katholischen Pilgern benutzt worden, welche mit der Zeit, je nach Schwierigkeitsgrad des Weges, den idealen Abstand zwischen den nächtlichen

Pausen herausgefunden hatten. Früher mochten hier einmal Herbergen am Ende des Tages eine Zuflucht geboten haben, Herbergen, von denen wir manchmal noch verfallene Überreste fanden oder, wenn wir Glück hatten, uns, obwohl ausgeräumt und ohne Fensterläden, wenigstens für eine Nacht ein Dach über dem Kopf boten. Nicht selten fanden wir dann im verwilderten Gemüsegarten noch einige genießbare Kartoffeln in der Erde versteckt oder, da sich der Sommer mittlerweile seinem Ende zuneigte und der Herbst sich ankündigte, einige Früchte an den oberen Zweigen von verwahrlosten Obstbäumen, die den vorbeiziehenden Hungerleidern entgangen waren.

Irgendwo in Metz haben wir dann, obwohl wir eifrig nach den Muscheln und Pfeilen Ausschau hielten, unseren Weg verloren. Es war wohl die Stadt selbst, die uns in die Irre geführt hatte. Wären wir auf der Umgehungsstraße geblieben, ja, dann wäre alles einfacher gewesen und mit einem Auto wären wir schnell weitergekommen. Wir aber, in der Absicht abzukürzen, machten uns daran, zu Fuß die Stadt möglichst gradlinig zu durchqueren, zumal der letzte Pfeil in Richtung Innenstadt gezeigt hatte. Aber im Gewirr von Straßen und Gassen verließ uns das Glück. Wir waren zwar bis zum Bahnhof vorgedrungen, den Erik ansteuerte, weil er ihn wegen seines Turmes von Weitem für die Kathedrale hielt, mussten uns dort aber eingestehen, dass wir den Jakobusweg verloren hatten. Die wenigen Menschen, die wir trafen, vermochten es nicht, Auskunft zu geben. Vielleicht lag es auch an unseren mangelnden Sprachkenntnissen und sie verstanden uns einfach nicht. Der Doktor versuchte es mit Italienisch, das er aus mir entfallenen Gründen irgendwann gelernt hatte, und ich radebrechte, so gut es ging, mit meinem miserablen Schulfranzösisch, aber ohne Erfolg. Niemand hatte je von diesem Weg gehört oder sie wollten, wie Erik argwöhnte, uns einfach nicht helfen.

„Wir gehen nach Westen, irgendwann kommen wir dann ans Meer." Das war die Schlussfolgerung, die Erik, nachdem er schweigend mitangesehen hatte, wie wir vergeblich versuchten, einen Hinweis auf an Hauserwände gemalte Pfeile oder in Stein gehauene Muscheln zu bekommen. Westen, immer nach Westen, oder besser nach Südwesten, denn die Idee über Paris zu gehen, hatten wir aufgegeben. Immer dann, wenn nach dem Weg Richtung Paris fragten, machten die Leute erschreckte Gesichter oder eine abwehrende Armbewegung. „Paris, nein! Paris nicht!" Nach all unseren Erfahrungen mit zerstörten Städten und flüchtenden Menschen brauchte es nicht viel Fantasie, um uns auszumalen, wie es um diese Stadt bestellt war.

Nach einer Übernachtung auf dem mit anderen Flüchtlingen geteilten und äußerst unbequemen, steinernen Fußboden der Bahnhofshalle von Metz, setzten wir bei Sonnenaufgang unseren Fußweg fort. Die aufgehende Sonne im Rücken marschierten wir, hin und wieder unseren Kurs nach links hin korrigierend, los. Der Osten, aus dem die frühe Sonne hinter uns herblickte, saß uns buchstäblich im Nacken. Dorthin wollten wir auf keinen Fall, daher kamen wir und da waren Orte, von denen eilig an uns vorbeiziehende Flüchtlinge schreckliche Kunde brachten.

4. Gisela

Am Nachmittag trafen wir Gisela. Sie stand neben ihrem Fahrrad, das sie auf den Kopf gestellt hatte, um irgendetwas zu reparieren. Als wir näherkamen, sahen wir, dass die Kette zwischen den Zahnrädern eingeklemmt war und Gisela vergeblich daran zerrte, um sie wieder loszubekommen. Sie hatte wohl schon eingesehen, dass ihre Mühe vergeblich war, denn als Erik seine Hilfe anbot, nahm sie diese bereitwillig an.

„Wo kommt ihr her?" fragte sie und setzte sich neben mich und den Doktor auf die Leitplanke, während Erik sich am Fahrrad zu schaffen machte. „Von da, aus Deutschland," antwortete der Doktor und wies in die Richtung, aus der wir gekommen waren. „Ich auch," sagte Gisela und hielt uns ihre ölverschmierte Hand hin. „Ich heiße Gisela." Dann lachte sie, als sie merkte, warum wir ihre angebotene Hand nicht ergriffen. Ich lachte ebenfalls, obwohl ich darüber im gleichen Moment erschrak. Schon lange hatte ich nicht mehr gelacht. Währenddessen zog Erik an der Kette. Er zog und zog, bis sie schließlich mit einem Ruck nachgab und er fast hintenübergefallen wäre. Mit der gerissenen Kette in seinen nun ebenfalls beschmutzen Händen machte er ein so dummes Gesicht, dass wir jetzt alle vier lachten, Gisela, der Doktor, ich und Erik. Der warf die zerbrochene Kette in hohem Bogen ins

Gebüsch. Ohne Werkzeug war das Ding nicht zu reparieren und das Fahrrad wertlos. Wir einigten uns darauf, es trotzdem mitzunehmen, da wir unser Gepäck, eine Ansammlung von Beuteln und Säcken damit besser transportieren konnten. Während nun drei von uns unbehindert gingen, schob einer von uns das Rad mit dem Gepäck. Vielleicht hätten wir Gisela nicht erlauben sollen, sich uns anzuschließen, denn hatten wir nicht genug mit uns selbst zu tun? Aber wie konnten wir eine junge Frau, allein und mit kaputtem Fahrrad einfach zurücklassen? Zudem hatte sie eine Frankreichkarte, eine von früher, aus Papier, und, zu unser aller Überraschung, einen kleinen Kompass, dessen Nadel in Öl eingebettet war, und die im Zwielicht leuchtete. Ich hätte Gisela auch ohne diese Dinge eingeladen, bei uns zu bleiben, behielt dies aber für mich, als ich sah, dass Eriks Augen leuchteten, als er die Karte und den Kompass zu Gesicht bekam. Gisela war für ihn nützlich. Ich brauchte also nichts mehr zu sagen. Der Doktor, dem in der letzten Zeit das tägliche Marschieren deutlich mehr Kraft kostete als uns, setzte sich, sobald es in der ansonsten flachen Gegend auch nur minimal bergab ging, aufs Rad und ließ sich rollen, soweit, bis es wieder aufwärts ging, wir ihn einholten und dann meistens eine kurze Pause machten, ehe Erik oder ich das Rad weiterschoben. Gisela das Rad mit dem Gepäck für drei ausgewachsene Männer schieben lassen, kam nicht infrage. Und der Doktor? Ja, der zog, obwohl um das Gepäck erleichtert, abgeschlagen und mit ernster Miene hinter uns her und zeigte nur noch ausnahmsweise seine zupackende und entschlussfreudige Art, von der ich im Bergwerk und auch zu Beginn unserer Wanderschaft so oft profitiert hatte. Oft gingen Gisela und ich nebeneinanderher, immer dann, wenn Erik das Rad schob. Anders als die beiden Männer, wusste sie immer irgendein Gesprächsthema und, wenn mir selbst dazu nichts einfiel, plapperte sie munter drauflos und fragte mich dann, was ich davon hielte. Meistens blieb ich ihr aber eine Antwort schuldig, was sie nicht zu bekümmern schien, sondern sie anstachelte, mir das Thema, um das es gerade ging, ein zweites Mal aber jetzt auf einfachere Art zu erklären.

Sie war Lehrerin, zwar erst seit wenigen Jahren, aber eben Lehrerin. Ich nahm an, dass dieses der Grund für die unermessliche Geduld war, die sie nicht nur in Bezug auf mich zeigte, sondern auch dem Doktor und Erik gegenüber. Dieser stürmte zwar voran und entschied, mit der Karte in der Hand, wo es lang gehen sollte, reagierte aber manches Mal recht barsch, wenn Gisela meinte, zur Auswahl der nächsten Wegstrecke etwas beisteuern zu können. Erst jetzt merkte ich, wie sehr mir eine weibliche Begleitung gefehlt hatte. Gisela fasste manchmal, wenn sie ihrer Rede Nachdruck geben wollte, für einen kurzen Moment meinen Unterarm und wiederholte, beim Gehen ihren Kopf seitlich vor den meinen drehend: „Verstehst Du? Verstehst Du?" Die Antwort zögerte ich manchmal für den Bruchteil eines Augenblicks hinaus, nur um noch einmal dieses „verstehst Du?" zu hören. Es war lange her, dass sich jemand dafür interessiert hatte, ob ich etwas verstand oder nicht. Der Doktor hatte mich immer korrekt behandelt, ohne Frage und ohne ihn wäre ich wohl nie in das schützende Bergwerk gekommen, noch hätte dort lange überlebt. Einmal ganz davon abgesehen, dass er es war, der uns rechtzeitig dort wieder herausgebracht hatte. Und Erik? Objektiv betrachtet, führte er unsere kleine Gruppe an wie ein verantwortlicher Truppführer die ihm anvertrauten Soldaten. Aber dabei blieb es eben. Persönlich hatte ich zu ihm keinen Zugang. Er beklagte sich nicht, ermüdete nicht, hatte keine Angst und eine Träne habe ich nur ein einziges Mal in seinen Augen gesehen. Das war, als wir die Grenze zu Frankreich überschritten. Er war stehengeblieben, sah zurück und so etwas wie „Auf Wiedersehen!" kam über seine klammen Lippen. Doch als er merkte, dass ich ihn beobachtete, drehte er sich rasch um, so als ob ich ihn bei einem Fehltritt erwischt hätte und trieb uns zur Eile an.

Gisela lachte, sang und, ja, sie weinte, ohne dieses zu verbergen, selbst dann, wenn sie überglücklich die geschundenen Füße in das kühlende Wasser eines Baches hielt, den unser Weg gerade kreuzte. Erst seit sie bei uns war, nahm ich die Kargheit und Leere wahr, die sich in mir ausgebreitet hatte, seit mich der Doktor eilig mit ins Bergwerksmuseum genommen hatte. Er hatte mich gerettet, sicherlich, aber mir wurde erst jetzt klar, als ich Gisela am Bachufer sitzen sah, dass seitdem, wie soll ich es anders sagen, meine Seele abhandengekommen war. Was hatten wir in den letzten Monaten anderes gemacht als unseren Körper zu retten? Und zwar nur unseren Körper! Unsichtbare Strahlen fürchteten wir wie weiland die Wilden die bösen Geister gefürchtet haben mochten, aber warum? Weil sie unseren Körper durchdringen konnten, bis unsere Haut Brandblasen warf und das Blut in unseren Adern die Farbe verlor. Oft genug hatte ich diese gebleichten Körper in die Leichensäcke gesteckt, ohne auch nur irgendetwas dabei zu denken oder zu fühlen, denn es gab keine Emotion, welche dieser absurden Situation angemessen gewesen wäre. Instinktiv hatte mein Körper die Erstarrung gewählt, das Einfrieren aller Gefühle. Sogar mein Denken selbst schien blockiert, angesichts der Szenen, die sich da im Zwielicht der Sohle vor mir abspielten.

Wenn man die Strahlen doch hätte sehen oder riechen können! Aber nein, diese bösen Geister waren unsichtbar und hatten ihren tödlichen Tanz irgendwo im Osten begonnen. Sie waren so leicht, dass jeder Wind sie mit den Wolken zu uns herüberwehen konnte. Vor ihnen flohen die Überlebenden Richtung Westen. Das war der Grund, warum Erik uns niemals längere Pausen gönnte, als zu unserer Erholung unbedingt nötig waren. Normalerweise wehte der Wind uns ins Gesicht, vom Atlantik her, aber er konnte jederzeit drehen. Und ich, von dieser Schreckstarre befallen, die es mir unmöglich machte zu denken, folgte Erik. Ich würde es weiterhin tun, daran bestand kein Zweifel, doch fragte ich mich zunehmend, was wir da eigentlich retten wollten. Einen Körper ohne Sinn und Verstand und vor allen Dingen ohne andere Gefühle als diese blanke Angst, die wir nicht zugeben konnten, aber die uns im Nacken saß, wie der Osten, wo Ungeheures geschehen war und in diesem Moment immer noch geschah. Wo sich Szenen abspielten, die nie ein Auge gesehen und von denen nie ein Ohr gehört hatte und, ich gestehe es, von denen ich auch nichts wissen wollte.

Gisela hatte sich gerade die Füße abgetrocknet und die Strümpfe übergezogen und war dabei ihre Schnürsenkel zu binden, als Erik von der Straße her etwas rief, was ich nicht verstand. In einigen Sätzen war er bei uns und duckte sich, ebenso wie der Doktor, den er hinter sich hergezogen hatte. Tatsächlich kam bald ein von einem mächtigen Pferd gezogener Leiterwagen vorbei, auf dem, soweit ich das sehen konnte, einige Leute lagen. Es dauerte nicht lange und ein Wimpel tauchte hinter der Böschung auf, bald darauf ein Mann, der ihn an einer Stange hin und her schwenkte. Jetzt konnten wir sie sogar hören. Die vorbeiziehende Schar wurde von einem monotonen Singsang begleitet, der mir bekannt vorkam. Jetzt gab es keinen Zweifel mehr: es waren die Pilger, die wir in den Trümmern des Kölner Domes getroffen hatten. Wie konnten sie, die sich viel langsamer fortbewegten als wir, uns nur so schnell eingeholt haben? Das musste sich wohl auch Erik gefragt haben, der, nachdem er die Gruppe als rasch als ungefährlich eingestuft hatte, Entwarnung gab. Wir ließen sie ziehen. Bis zum Abend würden wir sie einholen, da waren wir uns sicher, dann wollten wir mit ihnen reden.

In der Tat kannte die Gruppe den Verlauf eines Jakobusweges, der von Köln durch Frankreich und Spanien bis nach Santiago de Compostela führte. Es gab, wie ich erfuhr, viele von diesen Wegen, die aufgefächert wie die Adern einer Hand, an verschiedenen Orten des christlichen Europas begannen, bis sie sich schließlich zu einigen wenigen Hauptadern vereinigten, von denen eine die spanische Nordküste entlangführte, um im äußersten Nordwestzipfel Europas, in Santiago de Compostela, zu münden. Selbst dann, wenn Vandalen die Weghinweise entfernt hatten, Gebüsch darüber gewachsen war, oder der Zahn der Zeit die in Sandstein gehauene Muschel abgenagt hatte, verloren die Pilger nicht die Orientierung. Obwohl sie langsamer waren als wir, kamen sie schneller voran. Deshalb folgten wir ihnen am nächsten Tag. Der Doktor half denen, die auf dem Leiterwagen saßen oder lagen, soweit er konnte und der fast vollständige Mangel an Arznei oder anderen medizinischen Hilfsmitteln überhaupt zuließ. Aber allein die Tatsache, dass von nun an wieder ein Arzt in der Nähe war, gab der Pilgerschar neue Zuversicht. Sie werteten das unverhoffte Erscheinen des Doktors als eine göttliche Fügung, über die sie sich nun umso inbrünstiger mit neuen Gesängen bedankten.

Während sich der Doktor auf dem Leiterwagen zu schaffen machte, folgten Erik, Gisela und ich der Schar in gehörigem Abstand. Manchmal blieben wir sogar stehen und pausierten bis der Zug außer Sichtweite war, denn das langsame Voranschreiten war nicht unsere Sache. Wir wussten, dass wir sie rasch wieder einholen würden, sobald wir wieder losgingen. Wichtig war, dass wir nicht wieder vor lauter Eile vom Weg abkamen.

Mir war die neue Gangart durchaus angenehm, hatte ich doch so Gelegenheit das Gespräch mit Gisela zu suchen, die, seitdem ich mich traute, ihr allerlei Fragen zu stellen, diese bereitwillig beantwortete. Nicht alles, was sie sagte, verstand ich gleich, doch ihr schien es nichts auszumachen, dasselbe Thema auf mir verständliche Art zu wiederholen. Meine Begriffsstutzigkeit muss wohl auch daran gelegen haben, dass ich manchmal mehr auf den Wohlklang ihrer Stimme achtete als auf das, was sie sagte. Erik jedoch wurde zunehmend nervöser. Nachdem wir drei Tage auf diese Weise dem Pilgerzug hinterhergetrottet waren, platzte ihm der Kragen.

„Ich mache das nicht mehr mit! Morgen gehe ich allein weiter. Wer mitkommen will, kann mitkommen oder auf dem Leiterwagen verrecken!"

Tatsächlich waren, trotz des emsigen Bemühens des Doktors, seitdem wir den Zug begleiteten, zwei Pilger verstorben. „An Entkräftung," wie der Doktor sagte, aber wohl auch an den Spätfolgen der Verstrahlung. Doch davon sprach er nicht.

Bei der hohen Sterblichkeitsrate, das war vorauszusehen, würde, wenn überhaupt, nur eine Handvoll Pilger an ihrem Ziel ankommen. Aber die jetzt noch lebenden, so kam es mir vor, waren angesichts des Todes ihrer Glaubensbrüder keineswegs betrübt, sondern begrüßten, wie sie in Dankgebeten und Gesängen bekräftigten, das vorzeitige Ableben als Erlösung und das nicht nur von den Strapazen des Marsches, sondern von den Übeln unseres irdischen Daseins überhaupt. Wer an die Wiederauferstehung glaubt, das zeigte ihr Verhalten, braucht keine Angst vor dem Tod zu haben. Aber selbst als ich noch in die Kirche ging, hatte ich keine dergestalt inbrünstig betenden und vom ewigen Leben überzeugte Katholiken gesehen. Meine Eltern waren zwar katholisch, gingen aber weder regelmäßig zur Sonntagsmesse, noch schienen sie das Glaubensbekenntnis wirklich ernst zu nehmen. Dort hieß es ja unmissverständlich: „Ich glaube an die Wiederauferstehung von den Toten." Ich gestehe, mir war, als ich mir als Jugendlicher vorstellte, was dies praktisch bedeutete, recht gruselig zumute, denn ich sah Gerippe aus den Gräbern klettern und sich gegenseitig umarmen. Ich schüttelte mich selbst jetzt noch, wenn ich daran dachte. Doch diesen Pilgern schienen solch morbide Gedanken fremd zu sein. Wiederauferstehung von den Toten, das bedeutete für sie Erlösung und endlich erlangte Unsterblichkeit.

Durch die Beerdigungen, welche am Straßenrand oder in einem in der Nähe liegenden Feld zwar improvisiert, weil ohne Sarg, aber jedes Mal mit bei orthodoxen Katholiken üblichen Gebeten und Ritualen vonstattengingen, wurde das Fortkommen noch langsamer. Erik kramte schon in seinem Rucksack herum und machte uns mit entschlossenem Blick klar, dass wir uns entscheiden mussten. Entweder mit ihm am nächsten Morgen weiterlaufen, oder bei den Pilgern bleiben.

Ich beriet mich zuerst mit dem Doktor, der erschöpft auf dem Leiterwagen saß und dann mit Gisela. Beide zeigten sich unschlüssig, weil, so das Argument, wir eh kein Ziel hätten und die Pilger zumindest den Weg wüssten. „Den

Weg wohin?" wollte ich fragen, aber dazu kam es nicht. Von hinten war wie aus dem Nichts ein Schützenpanzer aufgetaucht, dem, eine nicht enden wollende Kolonne von Lastwagen und anderen militärischen Fahrzeugen folgte. Die Pilger, soweit sie sich noch auf der Straße befanden, stoben auseinander. Die meisten hatten sich, Gottseidank, schon einige Zeit vorher abseits des Asphalts gelagert und schrien nun vor Entsetzten, als sie sahen, dass der Schützenpanzer einen älteren Herrn erfasst hatte, der es nicht rechtzeitig an den Straßenrand geschafft hatte. Das nachfolgende Fahrzeug hätte den auf das Pflaster geworfenen Alten beinahe überfahren, stoppte aber im letzten Augenblick. So kam die ganze Kolonne ins Stocken. Die Pilger, Schreie und Gebetsfetzen ausstoßend, liefen zusammen, um nach dem verunglückten Glaubensbruder zu sehen. Aus den jetzt gänzlich zum Stillstand gekommenen Fahrzeugen, lugten Soldaten hervor, um in Erfahrung zu bringen, was los sei. Irgendwer im vorderen Fahrzeug musste wohl einen Sanitätstrupp herbeigerufen haben, denn schon erschienen zwei Mann mit einer Bahre und ein Sanitäter mit einem riesigen roten Kreuz auf der Brust beugte sich über den regungslos daliegenden Alten. Der Sanitäter nestelte an der Kleidung des Verunglückten, tastete seinen Hals ab und schüttelte gleich darauf den Kopf. Dann packten sie den leblosen Körper auf die Bahre, machten einige Schritte von der Straße weg auf den angrenzenden Acker und luden ihn dort gleich wieder ab. Ein Pfiff ertönte und die Kolonne setzte sich wieder in Bewegung.

Das Ganze mochte weniger als zehn Minuten gedauert haben, was jedoch Zeit genug für Erik war, an der Kolonne entlangzulaufen und Informationen zu sammeln.

„Es sind Amerikaner, sie haben den Befehl sich zurückzuziehen."

„Warum," fragten Gisela und ich gleichzeitig. „Das wissen sie selbst nicht. Einer sagte, östlich des Rheins sei alles verseucht und bereits rote Zone, die gelbe Zone würde bald auch hier gelten."

Hatte ich mich in den letzten Tagen, wohl auch wegen der langen, mit Gisela verbrachten Mußestunden, so gut gefühlt wie schon lange nicht mehr, wich meine Unbeschwertheit jetzt einem Gefühl der aufkommenden Panik, das ich nur zu gut kannte. Eriks Entschluss am nächsten Tag allein weiterzulaufen, wurde vorverlegt. Noch in dieser Nacht wollte er weiter. Dieses Mal traute ich mich zu fragen, wohin er wolle.

„An die Küste! Dahin, wo es einen Hafen gibt. Und dann nichts wie weg!"

Auch Gisela begann, ihre paar Sachen zusammenzukramen. Nur der Doktor blieb sitzen, wo er sich schon vor Stunden niedergelassen hatte, nämlich auf der Deichsel des Leiterwagens. Im Getümmel hatten wir ganz vergessen, auch seine Meinung einzuholen. Ich ging zu ihm und spürte gleich, dass es ihm nicht gut ging.

„Ich bin krank," sagte er. „Allgemeine Erschöpfung, meinen Fingernägeln nach zu urteilen, Anämie."

Tatsächlich war der Doktor so blass, dass sich die Farbe seiner Lippen kaum vom Rest des bleichen Gesichtes unterschied. „Kommen Sie mit?" Ich fragte, obwohl ich seine Antwort schon ahnte.

„Nein," sagte er. „Ich schaffe das nicht. Und hier kann ich noch etwas nützlich sein. Außerdem," er blickte auf und versuchte so etwas wie einen Scherz, „außerdem gibt es den Leiterwagen."

Ich stand noch eine Weile vor ihm, dann hielt er mir seine Hand hin, die ich nach kurzem Zögern ergriff.

„Viel Glück!" sagte er. Ich suchte nach einem passenden Wort, aber mir fiel keines ein. „Ebenfalls," antwortete ich schließlich und brachte kein weiteres Wort mehr heraus, denn die Tränen stiegen mir in die Augen. Auch Erik und Gisela drückten ihm noch die Hand, dann gingen wir los, in die Nacht hinein, genau in die Richtung, in welche die amerikanische Militärkolonne vor Kurzem verschwunden war.

Während ich im Dunkeln so dahinging, hatte ich das Gefühl über eine Eisfläche zu laufen, die sich vor mir ins Unermessliche ausdehnte, aber hinter mehr zusehends abbrach und mich dazu zwang, immer weiter zu laufen, um nicht vom eisigen Wasser hinter mir verschluckt zu werden. Wir wussten, dass, wenn einmal dieses Gebiet zur gelben und dann vielleicht sogar zur roten Zone erklärt würde, ein Entkommen unmöglich war. Sukzessive hatten Truppen hinter uns das Land abgeriegelt und den endlosen Flüchtlingsströmen ein Fortkommen unmöglich gemacht. Die Logik dieser Absperrungen leuchtete mir durchaus ein. Man wollte verhindern, dass radioaktiv belastete Personen oder solche, die chemisch verseucht oder gar von biologischen Kampfstoffen befallen waren, andere, noch gesunde Bevölkerungsteile in Mitleidenschaft zogen. Aber eine Sache ist es, solche Barrieren im Rücken und die Freiheit vor sich zu haben oder selbst von einer Absperrung am Weiterkommen behindert zu werden. Eriks Eile war nur zu verständlich und er brauchte sich vor mir und Gisela ob seines zügigen Ausschreitens nicht zu rechtfertigen, obwohl wir kaum mithalten konnten.

Die Nacht war klar, am wolkenlosen Himmel glitzerten Sterne, die ich nicht kannte. Ja, den Großen Bären hätte ich noch gefunden und auch den Polarstern hätte ich ausfindig gemacht. Das hatte mir mein Vater beigebracht: „Wenn Du die Hinterachse des Wagens fünf Mal verlängerst, dann siehst du den Polarstern." Das hatte er gesagt und dabei mit dem Finger dahin gezeigt, wo der Polarstern sein mochte. „Und wenn du vom Polarstern eine Senkrechte auf die Erde fällst, dann weißt du, wo Norden ist." Da wollten wir nicht hin, in den Norden. Aber derjenige, der weiß, wo Norden ist, weiß wo der Süden ist und wenn er den einen rechts und den anderen links liegen lässt, hat er vor sich den Westen, das offene Meer, die Freiheit. Nur vor dem Osten, der sich hinter uns ausbreitete und Europa Stück für Stück zu verschlingen drohte, gruselte mir. Deutschland war schon zur roten Zone geworden, eine gesundheitsgefährdende Gegend, aus der man nicht mehr herauskam. Wir machten Rast, als die ersten Sonnenstrahlen begannen, lange Schatten vor uns auf den Asphalt zu werfen. Einer von diesen Schatten war meiner.

5. Die Evakuierung

Der Herbstwind hatte einen Nieselregen mitgebracht, der mittlerweile alle unsere Kleider durchdrang. Deshalb waren wir froh als die ersten Häuser von Orléans vor uns auftauchten und wir uns eine Weile unterstellen konnten. Doch als wir nach einer Verschnaufpause die Hauptstraße erreichten, die von Paris kommend in den Süden führte, trauten wir unseren Augen nicht. Eine nicht enden wollende Karawane von Personenkraftwagen, Bussen, Lastwagen und Militärfahrzeugen kreuzte im Schritttempo unseren Weg und ließ uns erstaunt innehalten. Gisela war die erste, welche die Lage richtig einschätzte.

„Sie kommen aus Paris, fast alle PKWs sind aus Paris."

Die Fahrzeuge fuhren so langsam, dass man sich mit den Insassen hätte unterhalten können. Manchmal standen sie sogar für eine oder zwei Minuten, um sich dann erneut in Bewegung zu setzten. Gisela nutzte den nächsten Stopp, um eine Frau anzusprechen, die das Seitenfenster herunterließ, als Gisela ihr bedeutete, dass sie mit ihr sprechen wollte.

Erik und ich blieben im Hintergrund, zum einen, weil wir Gisela nicht hätten helfen können, denn nur sie sprach fließend Französisch, zum anderen, weil wir immer noch geschockt davon waren, nach den langen Wochen des Wanderns durch verlassene Gegenden plötzlich diese Menschenmengen zu sehen.

„Sie fahren Richtung Süden. Sie wollen wohl ans Mittelmeer oder nach Spanien, je nachdem. Die weiter östlich liegenden Straßenverbindungen seien bereits alle gesperrt."

Für Erik war das Grund genug, unseren Westkurs beizubehalten. Auf Giselas Landkarte war Tours die nächste größere Stadt und von da aus würden wir irgendwie an die Atlantikküste kommen. Das war der Plan.

Auf der Nationalstraße Richtung Tours herrschte ebenfalls reger Verkehr, kein Stau, wie wir ihn zuvor gesehen hatten, aber ein Wagen nach dem anderen fuhr an uns vorbei.

„So geht das nicht weiter," sagte Erik, „wir müssen an ein Auto kommen, sonst machen sie bald auch hier dicht und wir sitzen fest."

Wir waren schon zwei Mal an parkenden Bussen vorbeigekommen, die ihren Insassen die Gelegenheit gaben, kurz auszutreten. Als ein dritter Bus blinkte und Anstalten machte vor uns zu halten, war die Gelegenheit gekommen. Wir mischten uns unter die Leute, die sich am Straßenrand die Beine vertraten und stiegen dann mit ihnen ein. Gisela, mit einem sympathischen Lächeln im Gesicht, vorweg. Dass wir während der Weiterfahrt im Gang standen und uns dann, auf Geheiß des Fahrers, auf den Boden setzen mussten, kümmerte uns nicht. All dies war besser als weiterhin zu laufen. Die neben uns Sitzenden schien unsere Anwesenheit nicht zu stören, die meisten dösten vor sich hin oder unterhielten sich mit ihrem Nebenmann, ohne uns zu beachten. Später, nachdem Gisela mit einer Nachbarin ins Gespräch gekommen war, erfuhren wir, dass der Bus zu einem Evakuierungsprogramm der Regierung gehörte. Ziel war La Rochelle, wo, so hatte man ihnen versprochen, Unterbringungsmöglichkeiten bereit stünden.

So legten wir in wenigen Stunden eine Strecke zurück, wofür wir zu Fuß Tage gebraucht hätten. Irgendwann hielt der Bus vor den Toren La Rochelles direkt vor einem Fußballstadion, in dessen Mitte mehrere Reihen geräumiger, weißer Zelte aufgebaut waren. Es war kaum zu glauben, aber drinnen standen tatsächlich zweistöckige Betten, die nach und nach von den hereinströmenden Menschen belegt wurden. Auch wir waren rasch eingetreten und warfen unser Gepäck auf drei freie Betten. Während Gisela und ich zurückblieben, um unsere Plätze zu garantieren, machte sich Erik auf einen Erkundungsgang. Ich dachte schon, dass ich ihn suchen müsste, so lange dauerte seine Abwesenheit, doch dann stand er plötzlich im Zelteingang mit einer Tüte unter dem Arm, aus der ein Baguette lugte. Auf einem Tablett, das er vorsichtig vor sich her balancierte, standen zwei Plastikbehälter. Für heute stellten wir keine weiteren Fragen und vermieden es, uns Gedanken über den nächsten Tag zu machen. Gisela und ich, Erik hatte seine Ration schon vorher gegessen, verzehrten den köstlichen Eintopf und das knusprige Baguette. Dann legten wir uns gesättigt auf die nach Desinfektionsmittel riechenden Matratzen und schliefen bald ein.

Der nächste Tag wurde angekündigt von einer Lautsprecherdurchsage. Die Boxen mussten wohl gleich neben unserem Zelt stehen, denn an Schlafen war jetzt nicht mehr zu denken. Gisela übersetzte uns den Text, der in kurzen Abständen wiederholt wurde. „Alle Insassen der Zelte Eins bis Zwanzig sollen sich bitte zwecks Registrierung zur Anmeldung begeben."

Welche Nummer hatte unser Zelt? Aber da alle andern aufstanden, mussten wir wohl in einem der aufgerufenen Zelte sein. Wir schnappten unsere Sachen und trotteten hinter den Leuten her, die sich bereits vor dem Zelteingang drängten. Irgendwer schien zu wissen, wo die Anmeldung war. Und richtig, dort, wo sonst Eintrittskarten für Fußballspiele verkauft wurden, standen wir nun in einer Schlange, deren Ende irgendwo zwischen den Zelten verschwand. Wir standen und standen. Mir knurrte mittlerweile schon wieder der Magen, als der Lautsprecher ertönte. Gisela verstand erst bei der dritten Wiederholung um was es ging.

„Wir kommen auf ein Schiff, die Brest, so heißt es, ein Passagierschiff. Alle französischen Bürger, die es wünschen, werden evakuiert."

„Und wir?" entfuhr es mir.

„Abwarten, bis wir dran sind," brummte Erik und so wurde uns eine Stunde später am Schalter gesagt, dass Bürger des Schengenraums ebenfalls, evakuiert würden. Das hätten sie doch durchgesagt.

„Habe ich nicht gehört," sagte Gisela.

Wir bekamen ein Ticket für eine Zweier-Kabine und einen Platz in einer Vierer-Kabine für Männer.

„Mit Erik will ich nicht in eine Kabine und in die Männer-Kabine sowieso nicht." Gisela war so deutlich geworden, dass ich schon Sorge hatte, Erik könnte sich beleidigt fühlen, doch der winkte ab. „Ich stehe nicht auf Frauen," sagte er und ich war mir für einen Moment nicht sicher, ob er scherzte oder es ernst meinte. Doch was viel wichtiger war als die Frage, wer mit wem in eine Kabine kam, war das Ziel dieser Schiffsfahrt. Wir hatten gedacht, dass man aus praktischen Gründen beschlossen hatte, die Flüchtlinge über Wasser und nicht auf verstopften Straßen weiter zu transportieren, uns vielleicht nach Bordeaux, höchstens aber an die spanische Nordküste zu verfrachten. Was dann aber auf unseren Tickets stand verschlug mir den Atem: Guyane Française – Cayenne. Die Angestellte, die uns die

Tickets ausgehändigt hatte, wurde schon ungeduldig und winkte uns zur Seite. „Los, weiter!" sagte Erik, wir folgten ihm und wurden bald von den bereits abgefertigten Flüchtlingen weitergeschoben.

Als wir das Stadion verlassen hatten und die Altstadt durchquerten, musste ich unweigerlich an einen Film denken, den ich vor Jahren gesehen hatte. Da werden gleich am Anfang Dustin Hoffmann und sein Komparse Papillon, zusammen mit anderen zur Strafarbeit in einer französischen Kolonie Verurteilten, durch die engen Gassen einer französischen Küstenstadt getrieben. Diese Kolonie, ihr Bestimmungsort, war Französisch-Guyana, an das nördliche Brasilien angrenzend und knapp über dem Äquator gelegen. Dort, auf einer vorgelagerten Insel, unterhielten die Franzosen eine Strafkolonie, wo Gefangene unter mörderischen Bedingungen arbeiteten. Und da sollten wir hin?

Ich schaute schon verstohlen nach einer Fluchtmöglichkeit aus, als sich die Gasse öffnete und den Blick auf den Atlantik freigab. Statt eines maroden Dampfers mit vergitterten Bullaugen lag dort, nur einige hundert Meter von der Küste entfernt, ein riesiges, mehrstöckiges Passagierschiff, wie ich es bis dahin nur aus Reiseprospekten kannte. Gisela, die neben mir herlief, wollte es auch kaum glauben.

„Das ist unser Schiff?" Ich sah auf das Ticket und konnte nur bestätigen, dass der Name des Schiffes, der in haushohen Lettern am Bug prangte, mit dem auf unserem Ticket identisch war: Brest.

Es kam an der Kaimauer nun wieder zu einem enormen Gedränge, weil die zum Einschiffen benutzten Boote, nur jedes Mal eine begrenzte Anzahl von Passagieren mitnehmen konnten. Wir warteten. Ich hatte die erschreckenden Bilder von Papillon vergessen und erinnerte mich an meinen Hunger. Es war später Nachmittag und wir hatten noch nicht einmal gefrühstückt, geschweige denn etwas zu Mittag gegessen.

Nach und nach auf der „Brest" eintreffend, hatten die mehr als fünftausend Flüchtlinge ihre Kojen belegt, was nicht ohne ein stundenlanges Gezerre und Geschiebe auf den schmalen Fluren vonstattengegangen war. Erik hatten wir irgendwann aus den Augen verloren. Unsere Zweier-Kabine lag im luxuriöseren Teil des Schiffes, hatte ein Außenfenster und sogar eine kleine Veranda, auf der man allerdings nur stehen konnte. Die Sorge um die Zukunft hatte mich bis dahin so stark in Beschlag genommen, dass ich mir erst jetzt Rechenschaft darüber ablegte, dass ich mit einer Frau eine Kabine teilte, mit der ich weder verheiratet war, noch ein zumindest informelles Verhältnis hatte. Gisela schien sich darüber keine großen Gedanken zu machen. Sie hatte das Badezimmer entdeckt und stand schon unter der Dusche. Natürlich zog sie die Tür hinter sich zu, hatte aber ihre Oberbekleidung zuvor aufs Bett geworfen, weshalb ich mich genötigt sah, ihr rasch den Rücken zuzukehren und einen Blick aufs Meer zu werfen.

Kaum stand ich auf der Veranda begann der Horizont leicht zu schwanken und es war mir, als würde ich von einem Schwindel ergriffen. In einer furchteinflößenden Lautstärke, die den Schiffskörper vibrieren ließ und mir durch den ganzen Leib fuhr, ertönte das Signalhorn der „Brest". Langsam drehte sie sich in Fahrtrichtung und nahm zuerst kaum merklich, dann zügig voranstampfend, Fahrt auf. Am Fenster unserer backbord gelegenen Kabine zog die westfranzösische Küste vorbei, die sich schnell entfernte und bald nur noch als grauer Streifen zu erkennen war. Endlich kam Gisela aus dem Badezimmer.

„Ich habe Hunger," sagte sie, nachdem sie ohne Erfolg ein sauberes Kleidungsstück in ihrem Rucksack gesucht hatte und erneut ihre schon getragenen Sachen übergestreift hatte.

„Nach dem Essen wasche ich, Du kannst mir Deine Klamotten auch geben."

Essen, eine gute Idee. Aber wo? Wir traten auf den Korridor und hätten fast den Schlüssel vergessen, an dem auf einem Schildchen die Nummer unserer Kabine baumelte. Ich hatte noch in der Kabine eine Art Grundriss oder

Lageplan unseres Decks auf der leeren Frigobar gefunden, der uns jetzt den Weg zum Großen Salon wies, wo, so schlussfolgerten wir, auch die Mahlzeiten eingenommen würden. So weit so gut. Wir kamen schließlich nach einigem Gedränge auf den schier endlosen Korridoren in diesem Salon an und mussten feststellen, dass fast die ganze Decksbesatzung die gleiche Idee hatte wie wir. Es waren hunderte von Menschen, die sich hier eingefunden hatten. Irgendwo weiter vorne wurde lebhaft diskutierten. Schließlich ein Krachen und Splittern und es kam Bewegung in die Menge.

Von hinten überholten uns einige Jugendliche, die mir schon im Gang durch ihr ruppiges Verhalten aufgefallen waren. Untereinander riefen sie sich auf Arabisch etwas zu, während sie uns auf Französisch aufforderten Platz zu machen. Gisela zog mich hinter eine Säule, um dem Gedränge zu entgehen. Mittlerweile kam aus der Richtung, in welcher der größte Tumult herrschte, ein Gejohle, das sich wie ein Siegesgeheul anhörte. In der Tat kamen bald, ihre Trophäen über die Köpfe haltend, einige der rabiatesten Passagiere zurück. Ich sah, was sie erbeutet hatten: Ganze Brote, Säcke mit Apfelsinen und alle möglichen Kartons und Tüten, in denen wohl ebenfalls Lebensmittel sein mussten. Kein Zweifel, die Küche wurde geplündert.

Wir standen unschlüssig hinter unserer Säule als Gisela mich heftig am Arm zog und nach vorne wies. Es war kaum zu glauben, inmitten der zur Küche drängenden Menschen kämpfte sich Erik mit einem riesigen Topf auf dem Kopf den Weg zurück. Er kam mühsam voran und hatte wohl seinen Namen gehört, den Gisela unermüdlich rief, denn er löste eine Hand von dem Topf, der darüber fast von seinem Kopf rutschte und zeigte Richtung Ausgang.

Im Wesentlichen hatte Erik drei Pakete Schwarzbrot, einen Schinken und mehrere Becher Joghurt erbeutet. Das stellten wir fest als wir in unserer Kabine auf dem Bett saßen und Erik stolz den Deckel vom Topf nahm. „Für heute und morgen dürfte das reichen," sagte er und machte sich daran, ein Stück vom Schinken zu schneiden. Ja, ein Messer hatte Erik ebenfalls mitgebracht, nur etwas zu trinken fehlte, aber der Joghurt brachte eine kurzzeitige Linderung und aus den leeren Plastikbechern tranken wir halt das Wasser aus dem Kran unseres Badezimmers.

Nach und nach erzählte uns Erik, was er bisher über das Schiff in Erfahrung gebracht hatte. Ja, das Ziel sei wirklich Französisch-Guyana, in Frankreich selbst gäbe es keine Kapazitäten mehr, um Flüchtlinge aufzunehmen. Übrigens sei die Mehrheit der Passagiere aus den Vororten von Paris, häufig bilingue, also Arabisch und Französisch sprechend. Etliche würden allein reisen, hätten sich aber mit anderen zusammengetan. In seiner Kabine seien drei junge Männer, mit denen Verständigung praktisch unmöglich wäre. Französisch könne er nicht und Arabisch sowieso nicht. Was uns erschrak war jedoch etwas anderes. Erik hatte von einem Deutschen auf seinem Gang erfahren, dass die „Brest", ehemals ein Luxusliner für ca. 4000 Passagiere und normalerweise mit ungefähr tausend Angestellten ausgestattet, eben nur das nötigste Personal an Bord habe, nötig um das Schiff zu bewegen wohlgemerkt. Für die Küche und die Reinigung gäbe es keine Angestellten und die Bars seien geschlossen, wie überhaupt nichts funktioniere, was mit Freizeit und Vergnügen zu tun hätte.

„Und was sollen wir während der Reise essen?" Gisela war diese Frage herausgerutscht, doch auch mir lag sie auf der Zunge.

„Wenn ich den Gerüchten glauben darf, ist ausreichend Treibstoff, Wasser und Proviant an Bord genommen worden. Allerdings, ihr habt das Chaos gesehen, in der Küche arbeitet niemand und so sind die Leute eben dort eingedrungen, nicht um zu kochen, sondern um herauszuholen, was essbar ist."

Erik bestaunte noch den Komfort unserer Kabine und machte ein, zwei Schritte Richtung Veranda. Ich stellte mich neben ihn. Draußen war kein Land mehr zu sehen, nur die graue Dünung der Biscaya-Bucht. Und weiter hinten konnte man, wenn man sich über die Brüstung lehnte, einen sich im Endlosen verlierenden weissen Streifen sehen, den die „Brest" durch die Wellen zog. Dort war Frankreich, weiter noch war Deutschland, und es war mir, als ob die Zeit, in der ich dem Doktor im Stollen geholfen hatte, eine Ewigkeit zurücklag. Eine Hand legte sich auf meine Schulter. „Kommt rein, es wird kalt." Es war Gisela, die schon eine Weile hinter mir gestanden hatte. Doch statt sofort hineinzugehen, standen wir nun zu dritt auf dem engen Balkon und blickten aufs Meer. Langsam kroch die Nacht den Horizont hoch, irgendwann würde dort die Sonne wieder aufgehen, irgendwann. Jeder hing noch eine Zeit seinen Gedanken nach, dann gingen wir zurück in die Kabine. Erik schob die schwere Verandatür hinter uns zu. Er verabschiedete sich, nicht ohne augenzwinkernd zu bemerken, dass Gisela und ich das große Los gezogen hätten.

„Eine Außenkabine hat nicht jeder. Meine Vier-Mann-Kajüte hat noch nicht einmal ein Bullauge. Aber ich bin auf dem gleichen Deck wie ihr. Schließt nachts immer gut ab, es allerlei Gesindel an Bord." Er gab uns noch seine Zimmernummer und ließ uns allein. Was von unseren Vorräten noch übrig war, hatte er zurückgelassen. Gisela sprang auf und drehte den Schlüssel im Schloss. „Sicher ist sicher."

Seit das Schiff in La Rochelle abgelegt hatte, befand ich mich in einer Art Schwebezustand. Manchmal war es eher ein Gleiten, mal unmerklich, dann wieder, so als ob es plötzlich abwärts ginge, ließ es mich nach einem Halt in der Nähe greifen.

„Es ist der Seegang," meinte Gisela, der ich davon erzählte als wir im Dunkeln nebeneinander lagen.

„Fühlst du das auch?"

„Nein, aber ich verstehe, was du sagen willst."

Ich selbst wusste nicht, was ich damit sagen wollte und grübelte noch eine Zeitlang über dieses merkwürdige Gefühl nach. Dann schlief ich ein und wurde erst wieder wach, als jemand gegen unsere Tür schlug. Es war Erik, der mit blutverschmiertem Gesicht einen Plastiksack mit Brot und anderen Lebensmitteln hochhielt.

„Ich bringe das Frühstück!"

„Du blutest," sagte ich und ließ ihn rasch ein. Erik selbst hatte bis dahin nicht bemerkt, dass ihm eine Augenbraue geplatzt war. Er wischte darüber und besah seine blutige Hand.

„Eine Kleinigkeit, der Kerl hat mich nur gestreift. Ich habe ihm aber voll eine verpasst."

Während ich mich um die Wunde Eriks kümmerte, inspizierte Gisela den Inhalt des Sackes.

„Heute war es so halbwegs organisiert. Sie haben die Küche abgesperrt und eine Schlange organisiert. Solange bis einer gerufen hat: Es gibt nichts mehr! Da ging der Krawall soll. Ich habe aber noch was bekommen, wie ihr seht."

Erik, der sich auf den Gängen der „Brest" bewegte, und, anders als wir, die wir ängstlich in der Kabine blieben, auch die anderen Decks besucht hatte, brachte weitere Nachrichten.

„Es sind etliche Deutsche an Bord, ist ja auch kein Wunder bei fünftausend Passagieren, die sagen, ganz Frankreich wäre jetzt gelbe Zone, wir sind noch so eben rausgekommen."

Während Gisela das Brot schnitt und uns kleine Häppchen reichte, erzählte er weiter.

„Das Schiff ist total überfüllt, ich bin an einem Swimming-Pool vorbeigekommen, selbst da drin saßen Leute."

„Was?" entfuhr es mir.

„Da war natürlich kein Wasser drin, du Spaßvogel! Auch in den Geschäften auf dem Freizeit-Deck über uns, überall liegen sie. Selbst in unsere Vierer-Kabine wollten noch welche, aber die haben wir abgewimmelt."

Gisela und ich sahen uns an und dachten wohl das Gleiche. So schnell würden wir unsere Kabine nicht verlassen und auch die Tür immer verriegelt halten.

„Die meisten haben sich zu Gruppen zusammengeschlossen. Familien, junge Männer. Sie sitzen oder liegen zusammen und verteidigen ihren Platz. Auch die Deutschen, die ich getroffen habe, halten zusammen. Die meisten kannten sich vorher nicht, aber jetzt sind sie eine eingeschworene Gemeinschaft. Sie suchen noch mehr Deutsche, haben sie gesagt, auch auf den anderen Decks, zur Verstärkung. Die Araber würden das Gleiche machen, aber die brauchen nicht lange zu suchen, Araber sind überall."

Erik schien nach diesem letzten Streifzug keine Lust mehr zu haben, sich wieder in das Getümmel zu stürzen. Er blieb in unserer Kabine, trat manchmal auf die Veranda und sagte den Rest des Tages nichts mehr.

Kurz bevor es dunkel wurde, knisterte es im Lautsprecher über der Eingangstür. Dann war es eine Weile still, bis wiederholt ein Dreiklang ertönte, wie man ihn auch zur Pausenansage in Schulen benutzt. Eine Weile wieder nichts. Wir saßen mittlerweile vor der Tür und blickten gebannt auf den Lautsprecher. Plötzlich ertönte, lauter als es angesichts dieser kleinen Box zu erwarten war, eine Stimme.

„Meine Damen und Herren, liebe Passagiere! Hier spricht der Kapitän! Entschuldigen Sie, dass ich mich erst jetzt melde. Willkommen an Bord der „Brest", einem der größten Transatlantik-Kreuzer auf dieser Route in Betrieb." Dann war es wieder still, nur hin und wieder ein Knistern. Schließlich wieder eine Durchsage, dieses Mal vom Ersten Offizier. „Bitte beachten Sie die Anweisungen der Männer mit den weissen Armbinden. Es handelt sich um den vom Kapitän eingesetzten Sicherheitsdienst." Diese Durchsage wurde von nun an täglich mehrmals wiederholt.

„Bei uns auf dem Deck habe ich noch keine von den Typen gesehen," sagte Erik, als er wieder einmal von einem Streifzug auf der Suche nach Lebensmitteln zurückkehrte. Ob es wegen dieses fehlenden Sicherheitsdienstes war, was Gisela wahrscheinlich fand, oder nicht, aber Erik war aufs Neue verletzt worden. Dieses Mal sogar von den jungen Männern seiner Vierer-Kabine.

„Sie wollten meine Sachen." Diese Sachen waren die Lebensmittel, die er mitbrachte, inklusive einer Flasche Wein. Er habe sie irgendwo auf dem Schiff gefunden, wie er sagte.

„Aber sie haben sie nicht gekriegt." Erik lieferte wie immer seine Beute ab, und Gisela begann mit einem nassen Lappen sein linkes Auge zu kühlen, das bereits bedenklich angeschwollen war.

„Ich kann nicht zurück in meine Kabine."

„Und wo willst du schlafen?"

„Hier," antwortete er und wies auf den freien Raum auf dem Fußboden am Ende unseres Bettes.

Nachdem Erik irgendwo am Pool Polster für Liegestühle organisiert hatte, schliefen wir von nun an zu dritt in unserer Zweier-Kabine. Wie er diese Polster gefunden hatte, braucht keine längere Umschreibung, er hatte es einem Passagier unter dem Rücken weggezogen, als dieser den Fehler machte, am helllichten Tag ein Nickerchen zu halten. Als er uns die Geschichte erzählte, schüttelte Gisela entrüstet den Kopf.

„Was soll das?" reagierte Erik ungehalten. „Willst du etwa, dass ich zu euch ins Bett steige?"

Ich war insgeheim froh, dass Erik nachts bei uns in der Kabine war, denn trotz des neu eingesetzten Sicherheitsdienstes hatten die Streitigkeiten um Schlafplätze und Lebensmittel nicht abgenommen, im Gegenteil. Hin und wieder drückte jemand die Klinke unseres Abteils, dessen Tür wir auch tagsüber verriegelt hielten. Ich hatte mich noch ein einziges Mal bis an das Ende des Ganges vorgewagt und war in Anbetracht der mich entweder ängstlich oder feindselig anblickenden auf dem Boden hockenden Passagiere zurückgewichen. Gisela hatte die Kabine noch kein einziges Mal verlassen, und wenn sie Anstalten gemacht hätte, dieses zu tun, ich hätte es zu verhindern gewusst. Eine blonde, attraktive Frau wie Gisela unter diesen Wilden? Nicht vorstellbar, was alles hätte passieren können!

Ich hatte in den letzten Nächten zwar im selben Bett wie Gisela geschlafen, aber dieses respektvoll und eine Distanz einhaltend, die mich so nah an den Rand des Bettes brachte, dass ich einmal fast herausgefallen wäre, wenn sie mich nicht im letzten Augenblick zurückgehalten hätte. Sie war genau zehn Jahre älter als ich, hatte mir also fast die Hälfte meines Lebens voraus.

Sie hätte zwar nicht meine Mutter sein können, biologisch gesehen, meine ich, aber manchmal erinnerte Gisela mich an sie, eben dann besonders, wenn sie meinem Drang, mich schlafend von ihr wegzurollen, durch das fürsorgliche Festhalten meines Oberarms verhinderte.

Erik verließ zwei oder dreimal am Tag unsere gemeinsame Kabine, damit, wie er sagte, wir eine Zeit für uns hätten. Meistens zwinkerte er mir dann zu und verschwand. Zurück kam er mit einigen Lebensmitteln. Manchmal war auch eine Dose Bier oder, wenn er Glück hatte, eine Flasche Wein unter seiner Beute. Verletzt wurde er nicht mehr, seit er mit einem Stuhlbein loszog, das er sich demonstrativ über die Schulter legte, sobald es die Situation erforderte.

Wir hatten mittlerweile einen kleinen Vorrat angelegt, der uns für die restlichen Tage der Reise versorgt hätte, aber Erik zog immer wieder los und so stapelten sich Packungen mit Dauerwurst, Gläser mit eingelegten Wachtel-Eiern und kiloweise luftdicht verpacktes Westfälisches Pumpernickel neben unserem Bett.

„Für alle Fälle," sagte Erik und fügte hinzu: „Wer weiß, was noch kommt."

Das wusste in der Tat niemand. Die „Brest" zog ihre Bahn durch den Nordatlantik und kam bald, nachdem sie die Kanarischen Inseln backbord liegengelassen hatte, an den Kapverden vorbei. Von da an gab es keinen Anhaltspunkt mehr über unsere aktuelle Position. Wir schlossen jedoch aus den steigenden Temperaturen, dass wir uns bereits in tropischen Gewässern befanden.

Zehn Tage waren wir nun schon auf See und irgendwann musste an einem der nächsten Tage, nach Giselas Kalkül, die südamerikanische Küste in Sicht kommen, als Erik, von einer seiner Runden zurückkommend, die Tür hinter sich schloss und mit bierernster Stimme sagte: „Wir haben die Pest an Bord."

Ich dachte zuerst er wolle scherzen und eine Anspielung auf das Lied „Wir lagen vor Madagaskar" machen, aber Erik blieb ernst.

„Sie sagen es ist Cholera. Auf den Gemeinschafts-Toiletten ist die Hölle los."

„Na, wenigstens ist es nicht die Pest," versuchte ich die Situation zu entschärfen, denn der Ernst der Lage war mir immer noch nicht zu Bewusstsein gekommen.

„Hände waschen! Mit Seife!" Befahl Gisela, was Erik umgehend tat. Doch kaum war er aus dem Bad zurück, schnappte er sein Stuhlbein und hatte schon die Türklinke in der Hand.

„Wo willst du hin?" Gisela stand das Entsetzen im Gesicht.

„Wasser holen," antwortete Erik und war verschwunden.

Nach einer halben Stunde kam Erik zurück, mit einer Kiste Mineralwasserflaschen auf der Schulter. Sein Hemd war mit Blut verschmiert, aber, wie er zu unserer Erleichterung mitteilte, es war offenbar nicht sein eigenes.

„So, das muss reichen. Keiner trinkt mehr Wasser aus dem Kran!" Er setzte die Kiste ab, während Gisela schnell die Tür verriegelte. Erik blieb eine Weile sitzen und blickte düster vor sich hin.

„Ich muss noch mal los!" Ohne weitere Erklärung machte er sich noch einmal auf den Weg, um, so vermutete ich, noch eine Kiste Mineralwasser herbeizuschaffen, denn das war leicht zu überschlagen, drei Personen konnten von einer Kiste zwei oder drei Tage zehren. Aber wenn die Reise noch länger dauerte als drei Tage? Das musste wohl auch Erik durch den Kopf gegangen sein. Aber die Stunden verrannen und wir warteten immer noch auf seine Rückkehr.

Als er sich schließlich mit dem verabredeten Klopfzeichen an der Tür meldete und ich öffnete, stand da ein abgekämpfter Erik mit leeren Händen. Nein, nicht ganz, denn er hatte eine einzige Flasche in der Hand, die er, nachdem er eingetreten und die Tür verschlossen war, triumphierend in die Höhe hielt.

„Essig!" sagte er. „Es gab kein Wasser mehr, keine Flasche, nirgendwo, auf keinem Deck. Nur Essig."

Ich dachte zuerst er wolle scherzen, dann aber ging mir ein Licht auf. „Zum Desinfizieren, klar. Dann können wir auch das Leitungswasser trinken."

„Wenn es unbedingt sein muss, ja. Schmeckt aber scheußlich. Aber einstweilen haben wir das Mineralwasser."

Die „Brest" ging, wie wir gehofft hatten, tatsächlich drei Tage später vor Cayenne in Französisch-Guyana vor Anker. Allerdings hatte sich inzwischen die Situation an Bord dramatisch verschlechtert. Von den mehr als fünftausend Passagieren, war wohl fast die Hälfte an Cholera erkrankt und einige hundert, von Durchfall und Fieber geschwächt, der Krankheit erlegen. Seit Tagen kam immer die gleiche Ansage vom Kapitän. „Bitte bleiben sie auf ihren Kabinen, zirkulieren sie nicht auf den Gängen und beachten sie die Hygiene-Maßnahmen."

Das war nun leichter gesagt als getan. Die meisten Kabinen hatten nicht, wie wir, ein eigenes Bad. Völlig verschmutzte Gemeinschaftstoiletten, mangelhafte Ernährung, direkter Körperkontakt auf beengtem Raum und die Unmöglichkeit Kranke zu isolieren und adäquat zu behandeln, taten ihr Übriges. Auch war der Großteil der Besatzung auf Leitungswasser aus den Schifftanks angewiesen, das vielleicht dafür verantwortlich war, dass sich die Seuche so schnell ausgebreitet hatte. Erik vermutete das, aber es konnten auch die katastrophalen Bedingungen auf den Sanitäranlagen gewesen sein, die Schuld an der Misere waren. Man kann sich also die Freude an Bord vorstellen, als die Küste in Sicht kam und die „Brest" dann wenige Stunden später vor Cayenne die Anker warf. Das war vielleicht einen Kilometer vor den Kaianlagen der Stadt geschehen und nicht sonderlich verwunderlich. Hatten doch nur wenige Häfen in der Nähe der Kaimauern ausreichende Tiefe, um einen Giganten wie die „Brest", direkt anlegen zu lassen. Wir warteten also auf der Veranda unserer Kabine darauf, dass bald Landungsboote hin und herführen. Doch nichts rührte sich, stattdessen ertönte wieder die Stimme des Kapitäns aus den Lautsprechern.

„Sehr geehrte Damen und Herren, die „Brest" steht unter Quarantäne. Leisten sie bitte den Anweisungen des Sicherheitsdienstes unbedingt Folge."

Dann folgten noch einige Sätze, die ich nur teilweise verstand, weil sie im Gejohle der aufgebrachten Passagiere untergingen. Aber Gisela hatte alles verstanden und konnte es mir übersetzen. Es ging darum, dass der Sicherheitsdienst die Verstorbenen abholen würde, die man zu diesem Zwecke auf den Gang legen solle. Auch wurden Lebensmittel und Wasser versprochen, die in Kürze an Bord einträfen.

Erik, wie immer in unübersichtlichen Situationen, hatte schon eine Schlussfolgerung parat, während ich noch um Fassung rang. Gisela hatte meine Hand ergriffen und brachte ebenfalls kein Wort heraus.

„Gebt mir das Betttuch rüber, wir machen uns Binden."

„Was?"

„Weiße Armbinden, wie sie der Sicherheitsdienst trägt."

„Und dann?" Ich fragte, obwohl mir bereits dämmerte, worauf Erik hinauswollte.

„Dann gehen wir raus und helfen beim Leichentransport."

Die Armbinden waren schnell aus der Bettwäsche herausgerissen und um unseren linken Oberarm gelegt. Sicherheitshalber rissen wir weitere Stücke aus dem Betttuch, dieses Mal, um uns mit einem Mund- und Nasenschutz auszustatten und der vorschnellen Identifizierung zu entgehen.

Als wir auf den Gang traten, war ich überrascht. Kein Mensch zu sehen und auch keine Leiche wartete darauf, von uns weggetragen zu werden.

„Hier waren wir schon," sagte der erste Mann vom Sicherheitsdienst, den wir im Großen Salon trafen.

„Geht ein Deck runter, da fehlen Leute zum Anpacken. Und hier, nehmt die Säcke und das

Klebeband mit." Er drückte mir eine Rolle Klebeband und mehrere aufgefaltete Müllsäcke in die Hand.

Mir kam die Art, wie die an Cholera verstorbenen eingesackt wurden, dilettantisch vor, hatte ich doch auf diesem Gebiet Erfahrung und in unserem Lazarett im Bergwerk die von der Nato zertifizierten reißfesten Leichensäcke mit Reißverschluss verwendet. Müllsäcke sind natürlich viel zu kurz, um eine erwachsene Leiche darin angemessen verstauen zu können! Die Ordnungskräfte waren nach anfänglichen, wohl fehlgeschlagenen Versuchen mit einem einzigen Müllsack, dazu übergegangen, jeweils zwei Müllsäcke zu verwenden. Den einen zogen sie der Leiche über den Kopf bis an die Hüfte hinab und den anderen von unten, über die Knie bis zum Gürtel. Dort nun, in der Mitte des leblosen Körpers wurden die zwei Säcke mit Klebeband aneinandergeheftet. Gut, das funktionierte so weit, wenn nicht die Müllsäcke, aus zweifelhaftem schon mehrmals recyceltem Material gemacht, nicht andauernd gerissen wären. Manche Körper lagen schon seit Tagen auf den Fluren und verbreiteten, bei den tropischen Temperaturen kein Wunder, einem ihrem Zustand entsprechenden bestialischen Gestank. Alle Leute vom Sicherheitsdienst hatten sich wie wir Tücher über Mund und Nase gebunden, um sich einigermaßen gegen den Moderduft zu schützen, der sich mit den Schwaden, die aus den mit Fäkalien verdreckten Sanitäranlagen kamen, aufs Unerquicklichste vermischte.

Das Naheliegendste, die Leichen einfach über Bord zu werfen, wäre weit draußen auf hoher See noch eine Option gewesen, aber hier, wenige hundert Meter vor den Toren Cayennes, ein Unding. Die Leichen mussten an Land geschafft werden, um dort entweder beerdigt oder verbrannt zu werden. Auf jeden Fall, und das war es, worauf Erik spekuliert hatte, war Begleitpersonal nötig, das sich freiwillig gemeinsam mit einem Berg stinkender und infektiöser Körper in ein Boot setzte. Zu diesen Freiwilligen gehörten Gisela, Erik und ich.

Ich muss hinzufügen, dass, bevor es zum Übersetzen der verpackten Leichen kam, Erik sich schon Gedanken über unser weiteres Fortkommen an Land Gedanken gemacht hatte. Deshalb kümmerte er sich besonders intensiv um die Verblichenen, bevor sie im Müllsack verschwanden, indem er ihre Taschen nach Nützlichem durchsuchte. Dabei fand er fast immer eine Geldbörse in der, neben allerlei jetzt überflüssigen Dokumenten, die er dem Verstorbenen zur Identifizierung auf die Brust legte, zumeist einen manchmal sogar beachtlichen Geldbetrag. Während andere sich angeekelt abwandten und so Eriks Fingerfertigkeiten übersahen, strich dieser Euros und Dollars ein, streifte Eheringe ab und nestelte Goldkettchen vom erblassten Hals. Auch Schwerkranken, sofern sie allein in

Zweierkabinen zurückgelassen worden waren, und wo abzusehen war, dass sie ohnehin bald das Zeitliche segnen würden, erleichterte er um für sie unnütze und nur räuberisches Gesindel anziehende Beträge und Gegenstände.

Als die Dämmerung einbrach und abzusehen war, dass für heute der letzte Leichentransport auf den Weg gebracht werden würde, gab Erik uns ein Zeichen. Wir hockten uns in den überfüllten Kahn und versicherten den übermüdeten Sicherheitsleuten, dass wir diesen Rest schon allein schafften. Sie blieben dankbar zurück, und wir verschwanden in der Dunkelheit mit einem Leichentransport, der nie ankam. Den Steuermann, der auch den Motor bediente, hatte Erik höflich, aber bestimmt, aufgefordert, das Boot zu verlassen, was der Mann mit einem Sprung ins Wasser augenblicklich tat. Wir tuckerten noch ein, zwei Kilometer an der Küste entlang und legten an. Erik drehte das Boot mit den Leichen Richtung Meer und band das Steuer fest, dann startete er den Motor und wir sahen zu, wie das einsame Boot im Dunkeln verschwand. Unnötig zu betonen, dass wir froh waren, dem Inferno entronnen zu sein.

Doch hielten wir uns nicht lange am Strand auf, sondern strebten eilig den Dünen zu. Dort stießen wir auf einen Trampelpfad, der direkt zur Hauptstraße führte, welche die Küste Richtung Süden begleitete. Wir wussten, dass wir nicht in die Stadt hineinkonnten, zu groß war die Gefahr als Passagiere erkannt zu werden. Ausserdem hätte wohl keiner von uns eine plausible Erklärung für die Banknoten und den Schmuck gehabt, den Erik auf drei Beutel verteilt und auch Gisela und mir in die Hand gedrückt hatte. Aber wir mussten etwas essen und trinken. Zudem waren wir von der Leichenschlepperei verschwitzt und unsere Kleidung in derart ramponiertem Zustand, dass wir dringend eine Dusche und frische Wäsche benötigten. Von weitem sahen wir einige Lichter, die sich bald als Leuchtreklame für eine Tankstelle entpuppten. Wir hatten keine Alternative, in die Stadt konnten wir nicht gehen und im Dunkeln irgendwo am Straßenrand zu übernachten, war auch keine Option. So kamen wir der Tankstelle näher und hatten Glück. Es handelte sich um eine Raststätte für Fernfahrer, wo, neben einer Tankstelle und einer Werkstatt für die Lastwagen, ein Restaurant, das hauptsächlich Grillfleisch anbot, betrieben wurde. Ein ölverschmierter Lastwagenfahrer ging geradewegs auf die Eingangstür des Restaurants zu, was wir nutzten, um mit ihm zusammen einzutreten. Um unsere Kleidung kümmerte sich niemand. Das Fernsehen lief und übertrug gerade ein Fußballspiel. Wir bedienten uns am Büfett, setzten unsere gefüllten Teller auf einem Tisch in der Ecke ab und machten uns über das Fleisch her. Hin und wieder hob Erik den Kopf und warf einen Blick in die Runde, aber das halbe Dutzend Fernfahrer hatte nur

Augen für das Spiel und eine dicke Frau in der Küchentür, es mochte die Köchin oder gar die Besitzerin sein, lächelte uns sogar zu.

Wir aßen, tranken Bier und mir war, als ob ich erst jetzt dort ankam, wo ich tatsächlich war, auf dem südamerikanischen Kontinent, in Französisch-Guyana. Dass dieses Stückchen Lateinamerikas, als ehemalige französische Kolonie, heute politisch zu Frankreich gehört und damit zur Europäischen Union, hatte uns die Flucht ermöglicht. Hier konnten wir mit Euros bezahlen, ohne Aufsehen zu erregen, denn das war die offizielle Währung dieses französischen Übersee-Departments. Leider, so befürchtete Gisela, und ich teilte ihre Sorge, hatten wir uns mit dem Ausbruch aus der Quarantäne und den Klauereien Eriks ins Abseits manövriert. Hier konnten wir nicht bleiben, ohne früher oder später Schwierigkeiten zu bekommen, das war klar.

Doch zunächst galt es für die Nacht einen Schlafplatz zu finden und das war einfacher als es zunächst schien. Die Köchin, welche in regelmäßigen Abständen eine volle Flasche Bier auf unseren Tisch stellte, fragte uns, ob wir nicht ein Zimmer bräuchten, wir würden ja sicherlich nicht nachts weiterfahren und ein Zimmer, oder auch zwei, dabei zwinkerte sie Gisela zu, das hätte sie wohl. Gisela nutzte die Gelegenheit und erkundigte sich, ob es in der Nähe eine Drogerie gäbe, sie müsste Shampoo und andere Kleinigkeiten kaufen. Das Gesicht der Dicken, die tatsächlich die Besitzerin war, hellte sich auf. Sie führte Gisela in einen Anbau, wo all das, was Fernfahrer so brauchen, zu haben war. Selbst T-Shirts konnte man dort kaufen und eine strapazierfähige Reisetasche aus grobem Plastik hatte sie auch. So deckten wir uns in ihrem Lädchen mit dem Notwendigsten ein und wollten uns schon auf die Zimmer zurückziehen, als uns ein Lastwagenfahrer ansprach. Zunächst in gebrochenem Englisch, das kaum zu verstehen war, dann in einer Mischung aus Französisch und Portugiesisch. Er wäre Brasilianer und führe morgen nach Oiapoque, wenn wir den Sprit zahlten, könne er uns mitnehmen.

Oiapoque, das brachten wir während des Gesprächs in Erfahrung, war eine brasilianische Stadt, in zweihundert Kilometern Entfernung, gleich hinter der Grenze zwischen Guyana und Brasilien gelegen. Der Mann wunderte sich, dass wir das nicht wussten, machte aber ansonsten einen guten Eindruck, so dass wir uns zum Frühstückskaffe verabredeten.

Die Zimmer über dem Restaurant waren einfach, aber sauber und hatten keine Klimaanlage wie die anderen. Das war wohl der Grund, weshalb sie nicht belegt waren. Gisela, als sie sah, dass sie allein in einem Zimmer schlafen würde, winkte ab.

„Ich bleibe bei Euch. Wer weiß, wer hier nachts an die Tür klopft.“

Erik griente. „Na, dann nehme ich dein Zimmer, ich schlafe sowieso lieber allein."

So schlief ich auch in dieser Nacht wieder mit Gisela in einem Zimmer. Allerdings hatte jeder sein eigenes Bett und, todmüde wie ich war, schlief ich sofort ein. In der Nacht träumte ich, dass jemand meine Hand nahm. Ich wurde davon wach und sah, wie Gisela ins Bad huschte. Dann schlief ich ein und wurde erst wieder wach, als jemand an unsere Tür hämmerte. Es war Erik.

„Verdammt," sagte er, einer hat mir meine Sachen geklaut. Das Geld und der Schmuck! Der ganze Beutel ist weg!"

Ich ging mit ihm in sein Zimmer, um zu suchen. Aber es stimmte. Jemand hatte ihn bestohlen.

„Gut, dass wir die Sachen aufgeteilt haben. Oder sind eure Beutel auch weg?"

Ein Schreck durchfuhr mich. Aber unser Gepäck war noch da, wo wir es am Abend hingelegt hatten.

„Jetzt weiß ich wenigstens, wo ich bin," knurrte Erik, der sichtlich verärgert war und sich wunderte, dass ausgerechnet ihm so etwas passieren musste. Der Mann, mit dem wir uns zum Frühstück verabredet hatten, war schon abgefahren, ebenso die anderen Fernfahrer, die gestern Abend vor dem Fernseher saßen. Wie sollten wir jetzt weiterkommen?

„Es halten immer wieder Busse und Lastwagen zum Tanken." Tröstete uns die Eigentümerin. Wir erwähnten nichts von dem Diebstahl, um nicht noch mehr Aufmerksamkeit zu erregen. Eine halbe Stunde später hielt ein Bus, so wie sie es vorausgesagt hatte. Wir zahlten dem Fahrer die Summe, die er verlangte und stiegen ein.

6. Von Oiapoque nach Belém

Für die zweihundert Kilometer bis zur brasilianischen Grenze, für die man auf deutschen Straßen vielleicht zwei oder drei Stunden gebraucht hätte, zumindest früher, bevor alles den Bach hinunterging, benötigten wir den ganzen Tag. Der Bus hielt an jeder Milchkanne, hätte man in meiner Heimat gesagt und überhaupt, zogen mir heute des öfteren seltsame Sprachfetzen durch den Kopf, allesamt aus den Tagen vor dem Knall. Meine Erinnerung wurde aufgewirbelt von dieser elenden, schlaglochübersäten Landstraße, den Stopps an Bretterbuden mit Vordach, wo es Milchkaffee und trockene Maiskekse gab und den ständig aus- und einsteigenden Menschen, die plötzlich am Straßenrand standen und dann irgendwann beim nächsten Halt im angrenzenden Wald verschwanden.

Wald? Dieses Wort schien nicht so recht auf diese grüne Wand von Stämmen, Ästen und Blättern zu passen, die eher einer überdimensionalen Hecke ähnelte als dem, was man korrekterweise als Waldrand bezeichnen konnte. Wovon lebten diese Menschen, die aus dem grünen Nichts kamen, einige Zeit vorne im Gang standen und dann, nachdem sie dem Busfahrer auf die Schulter geklopft oder ihm einige Worte zugeworfen hatten, im Busch verschwanden? Busch, ja, das passte schon besser als Wald, doch fiel mir dazu gleich Afrika ein und so etwas wie Gebüsch oder Savanne. Nein, es war kein Busch. Alles war fremd und meine deutschen Worte wollten nicht auf diese neue Welt passen, die am Fenster unseres Busses grün und undurchdringlich vorbeizog.

Ich war mehrmals eingenickt und immer dann aufgeschreckt, wenn der Bus mit kreischenden Bremsen plötzlich anhielt. Erik und Gisela saßen hinter mir und sagten schon seit Stunden kein Wort mehr. Einmal meinte ich Gisela kichern zu hören, aber das konnte ich auch geträumt haben. Wieder einmal hielt der Bus. Ich schreckte auf, weil es mehrmals hupte und nach einem letzten Aufbäumen, das den Bus erzittern ließ, der Motor seinen Dienst einstellte. Jemand rief: „Fim da linha!" Ein Satz, den sogar ich verstand. „Ende der Linie! Der Fahrer wiederholte den Satz. „Ende der Linie!" Es hörte sich an, als ob er die Ankunft am Ende der Welt ankündigte. Ich stand auf, packte meine Sachen und vergewisserte mich, dass Erik und Gisela, die sich erschrocken über die Kleider fuhr, ebenfalls den Bus verließen. Da waren wir nun, am Ende einer Straße und Ufer eines Flusses, wo eine verrostete Auto-Fähre angetäut war. Nur Oiapoque, die Stadt, war nicht zu sehen. Da alle Passagiere mit Ausnahme des Fahrers den Hang hinunterliefen und, auf der Fähre angekommen, einem nur mit einer Bermudas bekleideten Mann einige Münzen in die Hand drückten, machten wir das Gleiche. Es war auch keine Zeit zu verlieren, denn die Fähre stieß, aus einem löchrigen Schornstein röhrend, einen schwarzen Dampf aus. Sie begann sich zu bewegen und der auf das Ufer geklappte Steg knirschte auf der mit grobem Beton befestigten Böschung, bis er endlich von einem Mitarbeiter, als die Fähre langsam an Fahrt gewann, einige handbreit hochgezogen wurde. Während der Überfahrt hielten wir uns an der Reling fest, wenn man denn das seitlich an dem heruntergekommenen Gefährt angebrachte Tau so bezeichnen wollte und harrten der Dinge, die da kommen mochten. Einen Pass hatte keiner mehr von uns, dafür trugen wir, Gisela und ich, je einen Beutel mit Schmuck. Das Geld hatte Erik an sich genommen, aus Sicherheitsgründen, wie er sagte.

Die Fähre ließ sich, um den eigenen Kraftaufwand und somit den Dieselverbrauch möglichst gering zu halten, mit der Strömung schräg über den Fluss treiben. Schon bald kamen flussabwärts einige Gebäude in Sicht: da war sie, Oiapoque, die nördlichste Stadt Brasiliens. Mir rutschte das Herz in die Hose als ich dort, wo die Fähre festmachen würde, einen Grenzposten sah. Die brasilianische Flagge wehte neben einem gelb und grün gestrichenen Häuschen, aus dem bereits ein Uniformierter herausgetreten war. Er zerrte an seiner Koppel und brachte den angehängten Revolver in die dafür vorgesehene Position. Die ersten Passagiere warteten gar nicht erst ab bis die Landebrücke der Fähre vollständig auf dem Ufer lag. Sie hüpften an Land und gingen an dem Grenzposten vorbei, den einige zu kennen schienen. Sie hoben den Arm zum Gruß oder wechselten mit ihm ein paar Worte. Waren wir, als die Brücke aufsetzte, noch inmitten der Passagiere, so waren wir es jetzt nicht mehr. Wir hatten unseren Schritt dermaßen verlangsamt, dass wir unter die Letzten waren, die von Bord gingen. Der brasilianische Posten blickte uns an, das heißt, er musterte Gisela, die voranging, von oben bis unten und machte ihr wohl ein Kompliment, denn sie lächelte. Dann nickte er Erik anerkennend zu, so als ob er sagen wollte: „Herzlichen Glückwunsch zu dieser Frau!" Lachend machte er eine großzügige Armbewegung Richtung Oiapoque. Wir waren frei, wir waren in Brasilien.

Es war, wohl eigens für Reisende wie wir, ein kleines Hotel errichtet worden, das gleich auf der anderen Seite des Platzes lag, der an die Anlegestelle angrenzte. Während Gisela drinnen die Zimmer besichtigte und den Preis verhandelte, setzte ich mich mit Erik an eines der Blechtischchen vor der Tür. Bald stand ein Bier vor uns und wir prosteten uns zu. Irgendjemand stellte die Musik lauter. Sie spielten einen Merengue oder eine Lambada, so genau konnte ich die brasilianische Musik damals noch nicht unterscheiden und ein Gefühl erfasste mich, das ich schon lange nicht mehr kannte und dessen

Name mir nicht einfallen wollte. Nach einer weiteren Flasche Bier und als Gisela triumphierend unsere Zimmerschlüssel auf den Tisch legte, wusste ich, was es war, ein unbändiges Gefühl von Freiheit und Glück!

Wenn es doch immer so geblieben wäre! Aber sowohl mein Kater am nächsten Morgen als auch Eriks Ermahnung, gleich beim Frühstück, dass wir einen Plan bräuchten, als auch Giselas ernste Miene und zustimmendes Kopfnicken, beförderten mich wieder zurück in die Realität, und diese schien uns nicht gerade freundlich gesonnen zu sein.

Es begann mit der Überlegung, wie wir unsere Hotelrechnung bezahlen sollten. Hier in Brasilien galt eine andere Währung. Also mussten wir irgendwo unsere Dollars und Euros in Real umtauschen und das möglichst ohne großartig Aufmerksamkeit zu erregen. „Ich trau keinem hier," sagte Erik, der immer noch daran litt, dass ausgerechnet er bestohlen worden war.

„Ich habe schon mehrere Schilder gesehen mit der Aufschrift: „Compro Ouro! Kaufe Gold!" sagte Gisela. Und selbst auf dem Balkon unseres mehr als bescheidenen Hotels lagen visitenkartengroße Zettel aus, auf deren Vorderseite eben dies zu lesen war. Gisela meinte, dass sei eine Chance uns vom Schmuck zu befreien.

„Wenn sie den bei uns finden, sind wir geliefert."

Aber sollten wir einfach zu einem Goldaufkäufer gehen und dort Dutzende von Eheringen und Halsketten anbieten?

„Immer langsam voran," sagte Erik, „heute bleiben wir erstmal hier und loten die Lage aus."

Dieses Ausloten der Lage bestand darin, dass Gisela, hier in der Grenzstadt verstand man noch halbwegs Französisch, dazu auserkoren wurde, mehr über diese Goldaufkäufer in Erfahrung zu bringen. Erik und ich würden in der Pension bleiben und auf unser Gepäck aufpassen.

„Und fangt schon mal an Portugiesisch zu lernen!" Gisela drückte mir eine ausliegende Tageszeitung in die Hand, auf deren Titelseite, obwohl schon einige Tage alt, eine Schlagzeile prangte, die sogar ich verstand. „Êxodos da Europa!" Und darunter stand etwas kleiner: „Centenas de Alemães chegam à Belém." Schon beim Untertitel versagte jedoch mein Portugiesisch. Gisela Half mir. „Das kann nur so viel heißen wie: „Hunderte Deutsche sind in Bethlehem angekommen."

„In Bethlehem?"

„Versuch den Artikel zu lesen und herauszufinden, wo Bethlehem liegt. Ich gebe dir einen Tipp: Nicht im Westjordanland."

Als Gisela wiederkam, hatte sie eine Baseballkappe auf dem Kopf unter deren Schirm sie listig hervorlugte und brachte die von uns erwarteten Informationen. Gold würde hier, in dieser durch und durch ärmlich anmutenden Stadt von ungefähr zwanzigtausend Einwohnern, an jeder Straßenecke aufgekauft.

„Und warum?"

„Weil im Hinterland Gold geschürft wird. Das wird hier gekauft und, soweit nicht schon in den Garimpos, den Schürfstellen, geschehen, vom Quecksilber getrennt. Ja, Quecksilber," klärte Gisela auf, die mit ihrer Kappe, durch deren hinteren Verschluss sie ihre blonden Haare gezogen hatte, recht kess wirkte. Offenbar gefiel ihr, dass sie uns einige Informationen voraus hatte und uns belehren konnte.

„Quecksilber wird benutzt, um den Goldstaub von den feinen Schlammteilchen zu trennen. So entsteht ein Amalgam aus Gold und Quecksilber, aus dem man später das Gold befreit, indem man einen Schneidbrenner darauf hält und das Quecksilber so zum Verdunsten bringt."

„Die können auch unsere Ringe und Goldketten schmelzen," schlussfolgerte Erik und machte sich mit Gisela auf den Weg zu einem dieser Goldaufkäufer, gleich hier in unserer Straße. Ich wurde verdonnert, in der Pension beim Gepäck zu bleiben, denn sobald jemand wüsste, dass wir Gold hätten, sei doppelte Vorsicht geboten. Erik nahm lediglich einen Ehering mit, um, wie er sagte, einen Test zu machen. Dieser Test verlief durchaus erfolgreich, allerdings hatte Erik den Ehering nicht einschmelzen lassen müssen, um ein Geschäft zu machen. Im Tausch für den Ring brachte er einen Trommelrevolver mit, eine Taurus 38 mit kurzem Lauf und fünf Patronen.

„Billig," sagte er und war sichtlich zufrieden, dass seine waffenlose Zeit, wie er sich ausdrückte, nun zu Ende sei. Mit dem Revolver gewappnet brachte Erik am nächsten Tag den erbeuteten Schmuck zum Goldaufkäufer. Nur unsere Bargeldbestände und die Eheringe, welche offenbar leicht zu verkaufen waren, ließ er bei Gisela in der Pension. Dieses Mal sollte ich ihn begleiten.

„Zwei Männer sind, wenn es um Gold geht, besser als einer," sagte er und zwinkerte mir zu.

Als wir vor der vergitterten Tür des ansonsten wie ein normales Ladenlokal wirkenden Geschäfts des Goldaufkäufers standen und um Einlass baten, streckte sich uns eine magere Hand durch die Eisenstäbe entgegen.

„Amigo, o Revolver!"

Erik verstand sofort. Zog seinen Revolver hervor, der bis dahin hinter seinem Gürtel gesteckt hatte, und, obwohl er durch das überhängende Hemd verdeckt war, dem Auge des Türstehers nicht entgangen war. Nachdem er ihn durch das Gitter gereicht hatte, öffnete sich die Tür und wir traten ein. Der hinter einer Art Tresen sitzende Besitzer erkannte Erik, dem er gestern einen alten Revolver überteuert verkauft hatte und lachte.

„Was gibt es heute?"

Erik ließ den verknoteten Beutel mit Schmuck auf den Tresen fallen und machte eine Geste, die seinen Gegenüber dazu aufforderte, doch selbst nachzusehen. Ich blieb derweil im Hintergrund und versuchte, soweit ich das eben konnte, vorzutäuschen, dass ich so eine Art Leibwächter von Erik war.

„Lach nicht, lach auf keinen Fall, stell dich irgendwohin, dass keiner in deinen Rücken kommt und guck dir alle anwesenden Männer gut an." Das hatte mir Erik eingeschärft und ich tat mein Bestes, um besonders grimmig dreinzuschauen. Der Goldaufkäufer hatte endlich den Knoten geöffnet und stieß, angesichts der glitzernden Pracht, einen Laut aus, der sowohl Bewunderung für den Schmuck als auch Respekt vor unserer verbrecherischen Leistung auszudrücken schien. Doch er war routiniert genug, um nicht durch voreilige Wertschätzung, den Preis in die Höhe zu treiben. Er schob den geöffneten Beutel von sich weg in Richtung Erik und sagte so etwas wie: „Hast du kein Gold? Mit Steinen arbeite ich nicht."

Es wäre sicherlich hilfreich gewesen, wenn wir die portugiesische Sprache beherrscht hätten oder wenn zumindest Gisela bei uns gewesen wäre. So aber waren wir ganz auf Eriks

Radebrechen und schauspielerische Leistung angewesen. Es ging eine Weile buchstäblich hin und her. Der Mann suchte, nach anfänglichem Abwehren, das offenbar nur dazu dienen sollte, den Preis zu drücken, die Stücke heraus, die ihm als besonders einträglich erschienen und legte andere zurück. Erik seinerseits fischte sich, soweit ich das sehen konnte, vor allem die Brillanten heraus, legte sie zur Seite und schlug vor, sie vom Rest des Geschäfts zu trennen. Der Mann verstand sich offenbar nicht nur auf Gold, mit einer ins Auge geklemmten Lupe, wie sie sonst nur Optiker verwenden, betrachtete er jedes einzelne Teil und hatte mittlerweile den Schmuck auf dem Tresen in verschiedene Häufchen aufgeteilt, die wohl, so nahm ich an, unterschiedliche Preisgruppen darstellten.

Doch Erik, ich bewunderte seine Ausdauer, begann die mit Edelsteinen besetzten Broschen, Ohrringe, Fingerringe, Ketten und Kettenanhänger einzustreichen, so als ob er vom Verkauf Abstand nehmen wollte. Nur die Schmuckstücke aus reinem Gold, es waren hauptsächlich schwere Ketten und Armbänder, ließ er liegen. Ich vermutete hinter dieser Geste einen ausgezeichneten Bluff, doch Erik meinte es durchaus ernst. Der Goldschmuck wurde gewogen und zu dem an der Wand ausgehängten Tagespreis für rohes Gold vom Händler gekauft. Der hatte wohl ein einträgliches Geschäft gemacht, denn er verabschiedete uns lachend, wies auf Eriks Beutel mit dem restlichen Schmuck und rief mehrmals „Amanha! Amanha! Morgen! Morgen!"

Erik bekam, nachdem das Gitter hinter uns geschlossen worden war, seinen Revolver ausgehändigt und sagte, wohl weil er auch irgendetwas sagen wollte, ebenfalls: „Amanha!"

Jetzt hatten wir Dollars, Euros und zusätzlich einen beträchtlichen Betrag in brasilianischer Währung. Der restliche Schmuck sollte als eiserne Reserve dienen, Erik lachte, als er diesen Ausdruck verwendete. Der Vorteil des Schmucks war, dass er nur wenig Platz einnahm, im Gegensatz zu unserem Vorrat an Banknoten, der leicht Aufmerksamkeit erregen konnte. Geld am Körper zu verstecken war nur beschränkt möglich, da in diesem feuchtheißen Klima keiner kaum mehr als Bermudas und Hemd am Leibe hatte. Gut, Gisela hatte sich ein Röckchen zugelegt, aber es war so kurz und luftig, dass man auch hier nichts verstecken konnte. Blieb unser Gepäck, das wir stets im Auge behalten mussten. Es reichte, dass einer von diesen Straßenjungen an uns vorbeischlenderte und schon waren wir in höchster Alarmbereitschaft. Nichts weniger als unsere Zukunft hing von der Barschaft und den Wertgegenständen ab, die wir bei uns trugen.

„Ich werde für dich auch einen Revolver kaufen," sagte Erik und als er sah, dass ich den Kopf schüttelte, fügte er hinzu: „Bloß zur Abschreckung. Sicher ist sicher."

So kam es, dass auch ich bald mit einem Revolver durch die Gegend lief. Nicht sichtbar, da unter dem Hemd, hinter dem Gürtel der Bermudas versteckt, aber doch gegenwärtig. Denn das bloße Verhalten eines Mannes verriet, ob er bewaffnet war oder nicht. Nicht dadurch, wie man vielleicht meinen könnte, dass ein Bewaffneter aggressiver auftrat, nein, es war genau das Gegenteil. Wer eine Waffe hatte, wusste, dass er töten konnte und vermied alles, um aus kleinen Streitigkeiten ein Problem zu machen, das zum Ziehen der Waffe genötigt hätte. Und wer den Revolver einmal gezogen hatte, musste schießen und zwar schneller als sein Gegenüber. Deswegen reichte eine diskrete Rückwärtsbewegung mit der in der Höhe der Waffe lose baumelnden Hand aus, um zu signalisieren: ich will keinen Streit, aber komm mir nicht zu nahe! Straßenjungen wussten sowieso zwischen ihren Opfern zu unterscheiden. Wir, als Gringos, zogen rasch alle Blicke auf uns und wurden gleich in die Kategorie – die haben Geld – eingeordnet. Aber die Jungs kannten Nordamerikaner aus dem Drogenschmuggel und aus dem Goldgeschäft, die, trotz ihres tapsigen Auftretens, ihren brasilianischen Kollegen an Gefährlichkeit in nichts nachstanden. Erik und ich, in den ersten Tagen in Oiapoque auf der Terrasse vor unserer Pension sitzend, hatten schnell raus, wie man sich verhalten musste, um mit dieser Art von Gringo zu unserem Vorteil verwechselt zu werden. Erik hatte, ohne sich verstellen zu müssen, von Natur aus diesen grimmigen Gesichtsausdruck, der selbst mir, am Anfang unserer Freundschaft, das Fürchten gelehrt hatte und ich, na ich, ich musste eben noch lernen. Aber das tat ich rasch, wie Erik mir versicherte.

Wir trainierten also Verhaltensweisen, die uns fit für eine neue Welt machen sollten, die uns ebenfalls, nur mit anderen Mitteln als die alte, welche uns ausgespien hatte, nach dem Leben trachtete oder zumindest an unser Geld wollte, was für Erik auf das Gleiche hinauslief. Währenddessen spazierte Gisela in luftigem T-Shirt und Rock, mit einer leichten Sandale am Fuß und Sonnenbrille auf der Nase, über den glühend heißen Asphalt von Oiapoque und genoss die Blicke auf ihren blonden Pferdeschwanz, der unter ihrer Baseballkappe hervorlugte und, während sie daher stolzierte, rhythmisch über ihren Schultern schwang. Obwohl sie so tat, als ginge sie einer harmlosen Freizeitbeschäftigung nach, verfolgte sie ein Ziel, das anders als das unsere, nicht dem Abwehrkampf roher Gewalt, sondern der Verständigung gewidmet war. Sie suchte ein Lehrbuch, mit dessen Hilfe sie hoffte, uns die portugiesische Sprache beibringen zu können. Von ihren Erkundungsgängen brachte sie jedes Mal etwas mit. Eine Reihe von Faltblättern zum Beispiel, die in den Hotels auslagen und über Sehenswürdigkeiten informierten. Diese bestanden ausschließlich aus nahegelegenen Ausflugslokalen, die stolz über ihre an irgendwelchen Flussarmen gelegenen Örtlichkeiten berichteten, an denen man sich im Schatten der Bäume die Zeit vertreiben konnte. Die abgebildeten Gäste lachten, aßen Fisch und tranken Bier aus Flaschen, die in schmuddeligen Isopor-Hüllen steckten.

Gisela ergatterte auch etwas, das Eriks Augen aufleuchten ließ: eine Sammlung von Straßenkarten in Heftform, aus der nun leider gerade die Karte vom Bundesstaat Amapá im Norden Brasiliens, also genau da, wo wir waren, herausgerissen war. Aber Gisela wusste mittlerweile, dass man in den Tankstellen an der Hauptstraße, die weiter in den Süden führte, bekam, was Erik wollte, eine komplette Straßenkarte von Brasilien. Zudem wurde sie auch hier fündig, was die portugiesische Sprache anbelangte. Zwar fand sie kein deutsch-portugiesisches Lehrbuch – was hätte sie darum gegeben ein solches zu besitzen! – aber ein Taschenlexikon Französisch-Portugiesisch. Sie, die Französisch sprach, konnte jetzt mühelos übersetzen, was wir für eine tägliche Verständigung brauchten. Aber dabei blieb es nicht. Bald hatte jeder von uns beiden ein Schreibheft, in das Gisela eine tägliche Ration von Vokabeln eintrug, die wir gefälligst zu lernen hatten. Überzeugt von der Notwendigkeit, uns in diesem Land verständigen zu müssen, fügten wir uns den Anweisungen unserer Lehrerin. Was hätten wir in diesem gottverlorenen Kaff auch sonst tun können?

Wir waren bereits über einen Monat in Oiapoque, als Erik wieder einmal die Initiative ergriff.

„Mir reicht's!" verkündete er eines Morgens. „Ich reise ab. Kommt ihr mit?"

„Wohin?" fragte ich, nicht gelinde erschrocken, denn ohne Erik konnte ich mir die Zukunft nicht vorstellen.

„Deshalb haben wir ja Portugiesisch gelernt, nicht wahr? Um zu reisen, um irgendwo einen Ort zu finden, wo wir bleiben können," ergänzte Gisela.

„Wohin?" fragte ich noch einmal und Erik tippte auf die Landkarte. „Dahin! Nach Bethlehem!"

Dass Belém, die Hauptstadt des brasilianischen Bundesstaates Pará, auf Deutsch Bethlehem heißt, hatte Gisela herausgefunden. Man kam dorthin, wenn man für die fünfhundertachtzig Straßenkilometer bis Macapá einen Bus nimmt und von da mit dem Schiff das gesamte Mündungsdelta des Amazonas durchquert. Dabei gilt es, Marajó zu umfahren, eine Flussinsel von der Größe der Schweiz, die an ihrer östlichen Seite vom Atlantik und nach Westen hin, also da wo die Wassermassen des Amazonas auf sie treffen, von einer Unzahl sich ineinander verschlingender Flussarme begrenzt wird. Wir würden genau da, wo der nördlichste Arm des Amazonas das feste Land streifte, den Äquator überqueren. Es gäbe in Amapá, so entnahmen wir einem der Reiseprospekte, genau dort, wo die zwei Erdhälften sich treffen, einen Fußballplatz. Seine Mittellinie verlaufe genau über dem Äquator, so dass nach der Halbzeit die Mannschaft aus der nördlichen Hemisphäre nun in der südlichen spiele und umgekehrt. Ich mochte dieser Geschichte nicht recht glauben, wurde aber von Erik darauf verwiesen, dass dieses, rein theoretisch gesehen, durchaus möglich sei, wie es ja ebenfalls, wiederum ausschließlich aus logischen Erwägungen, möglich sei, den Nordpol, wie seinen Widerpart im Süden, auf einen winzigen Punkt zu reduzieren, so dass, wenn man genau auf ihm stünde, man gar nicht mehr sagen könne, wo Süden und wo Norden sei. Ich muss gestehen, dass mich dieses Gespräch einigermaßen verwirrt zurückließ, wie überhaupt vieles, was ich bisher erlebt hatte, einerseits eine völlig logische Konsequenz aus den vorhergehenden Ereignissen war, andererseits aber, wenn ich nur lange genug darüber nachdachte, mir als völlig absurd erschien.

Zunächst landeten wir nach einer ermüdenden Bustour, die nach Eriks Berechnungen eigentlich nicht mehr als zehn Stunden hätte dauern sollen, jedoch einen Tag und eine Nacht in Anspruch nahm, in Macapá. Gerädert stiegen wir aus dem Bus und nahmen gleich das naheliegendste Hotel, ohne auch nur einen Blick auf den sich weiter vorne behäbig vorbeischiebenden Amazonas zu werfen. Immer gab es diese drittklassigen Hotels in der Nähe der Busbahnhöfe. Dort stiegen Leute ab, die sich kein Flugticket leisten konnten, oder sich, wie wir, vor den schärferen Kontrollen auf den Flughäfen drücken wollten. Das wäre noch was gewesen, mit dem Revolver unter dem Hemd durch den Scanner oder mit gebündelten Euro- und Dollarscheinen und einer Tüte voll Schmuck in die Gepäckkontrolle zu kommen. Nein, es war von vorneherein klar, dass wir ein solches Risiko nicht eingehen konnten. Zudem hatten wir bei der Leichenschlepperei auf dem Kreuzfahrtschiff unsere Pässe verloren, es konnte aber auch schon früher gewesen sein, denn niemand erinnerte sich daran, wann er sie das letzte Mal gesehen hatte.

„Trotzdem", sagte Gisela, „ist es beruhigend zu wissen, dass es hier noch Flugverkehr gibt."

„Richtig," sagte Erik, „das habe ich auch gedacht."

Mit der Ana Marques, einem doppelgeschossigen Schiff, das Plätze für hundert Passagiere in Hängematten anbot und, für den vierfachen Preis einige Kabinen mit Klimaanlage, legten wir einen Tag später in Macapá ab. Wir hatten Kabinen gebucht, aus Sicherheitsgründen, wie Erik die hohe Ausgabe rechtfertigte.

Ich hatte so etwas wie eine Fahrt über offenes Wasser erwartet, so wie man sich eben die Überquerung einer riesigen Flussmündung vorstellt. Doch dieses galt nur für den Beginn und das Ende der vierundzwanzigstündigen Reise. Die meiste Zeit schipperten wir an mal näherkommenden, mal sich entfernenden Uferstreifen entlang, die keine Spur menschlicher Besiedlung erkennen ließen. Nur in der Nacht glimmte hin und wieder, dort wo das Ufer sein musste, für kurze Zeit ein Funken auf. Einige Male kamen uns grüne und rote Lichter entgegen, die rasch wieder im Dunkeln hinter uns verschwanden. Gegen Mitternacht wurde ein unbeleuchtetes, bedeutend kleineres Schiff als das unsere, vom plötzlich eingeschalteten Scheinwerfer der Ana Marques erfasst und huschte, wie von Geisterhand bewegt, an uns vorbei. Manchmal fingerte dieser Scheinwerfer auch das nahegelegene Ufer ab, dann wieder suchte er nach knapp an der Wasseroberfläche treibenden Baumstämmen oder starrte über die finstere Wasseroberfläche vor uns. Später in Belém erzählte man mir, dass Kollisionen mit Baumstämmen gar nicht so selten seien und schon manches Boot zum Kentern gebracht hätte. Man solle dann, wenn man ohne Schwimmweste ins Wasser fiele, in die Richtung schwimmen, von der man spontan das größte Unheil erwarte, nämlich direkt auf die schwarze Wand zu, ohne jeden Widerschein von Licht, denn dort wäre das Ufer, dunkel, weil von einer Front Baumriesen gesäumt und von keinem

Mondlicht beleuchtet. Wer aber in Richtung der hellen und verführerisch einladenden Seite schwömme, würde irgendwann ermüden, von der Hauptströmung in der Flussmitte erfasst, abgetrieben und unweigerlich ertrinken.

Gottseidank wusste ich, als ich an der Reling stand, nichts von der Gefährlichkeit unserer Reise. Ich genoss die kühle Brise, die gleich nach dem Untergehen der Sonne eingesetzt hatte und versuchte mir vorzustellen, welche Landschaften all diese Wassermassen schon durströmt hatten. Bald, wenn sie die zu meiner Linken liegende Insel Marajó umflossen hatten, würden sie sich ins Meer ergießen und sich endlich, nach vielen Kilometern, mit dem salzigen Atlantik vermischen, um mit ihm eine langsame, aber stetige Reise um den Globus anzutreten.

Es war Gisela zu verdanken, dass meine Kenntnisse über diese Region, in die uns der Zufall verschlagen hatte, mittlerweile zumindest auf dem Stand eines gut informierten Touristen waren. Gisela brachte uns nicht nur eine tägliche Ration portugiesischer Vokabeln und die ersten einfachen Sätze bei, sondern reicherte ihre Unterrichtsstunden mit Informationen an, die sie sich aus allen nur zugänglichen Quellen beschaffte. Irgendwo ausgelegte Prospekte, Zeitschriften und zuletzt ein veritabler Fremdenführer in englischer Sprache, den sogar ich verstand. Hier stand, dass es in Belém ein deutsches Konsulat gäbe.

„Das ist ja fantastisch," rief Erik, als ich ihm dies mitteilte. „Dann bekommen wir endlich neue Pässe!"

Tatsächlich suchten wir gleich nach unserer Ankunft die angegebene Anschrift auf der Avenida Presidente Vargas. Unter einem Konsulat hatte ich mir etwas anderes vorgestellt, als das, was ich dann zu sehen bekam. Auf einem langen, dunklen Korridor im fünften Stock, in einem in die Jahre gekommenen Hochhaus war an einer der vielen Türen ein Schildchen angebracht, dort stand, Konsulat der Bundesrepublik Deutschland. Etwas darunter befand sich ein zweites Schild mit dem Hinweis, dass hier die Export-Import-Firma Josef Schmidt morgens von neun bis zwölf Uhr zu erreichen sei. Wir klopften mehrmals und dachten schon an Umkehr, als endlich von innen ein Schlüssel im Schloss umgedreht wurde. Ein Mann öffnete die Tür einen Spalt breit, gerade so weit, wie es die Sicherheitskette zuließ und sagte: „Bom dia!" Wir antworteten: „Guten Tag!" „Ah, Deutsche", antwortete er und ließ uns eintreten.

„Wir haben unsere Pässe verloren und brauchen neue," sagte Erik ohne viel Federlesens. „Da müssen Sie etwas warten," antwortete der Mann, der sich als Import-Export-Schmidt vorstellte und wies auf eine Bank, über der ein Poster von Schloss Schwanstein daran erinnerte, dass wir tatsächlich an einem Ort waren, der etwas mit Deutschland zu tun hatte.

„Die Konsulin kommt gleich, setzen Sie sich ruhig." Schmidt ging an seinen Schreibtisch zurück und machte sich an einer altmodischen Rechenmaschine zu schaffen. Hin und wieder notierte er eine Zahl auf einen Block neben sich und beachtete uns nicht weiter.

Während wir warteten, sah ich mich im Raum um. Er war recht gross, was die schmale Eingangstür nicht hatte vermuten lassen und war, das konnte man jetzt sehen, in zwei Bereiche aufgeteilt, in denen jeweils ein Schreibtisch stand. Genau gegenüber vom Arbeitsplatz Schmidts befand sich der deutlich größere Schreibtisch der Konsulin, auf dem ein Deutschlandfähnchen aufgepflanzt war, das jedes Mal, wenn die kalte Luft der Klimaanlage über es hinwegfuhr, zitterte. Zusammen mit dem ovalen Schild an der Wand, auf dem das schwarzgefiederte deutsche Wappentier grimmig seitwärts blickte, ließ all dies keinen Zweifel daran, dass wir tatsächlich in einem deutschen Konsulat waren. Beide, das Fähnchen wie das nur lose aufgehängte Schild, schaukelten heftig als nach einigen Minuten die Konsulin die Tür öffnete.

„Oh, Landsleute," sagte sie erfreut und stellte ihre Einkaufstüten neben ihrem Schreibtisch ab. „Was kann ich für sie tun?"

Wir erzählten, dass wir unsere Pässe während der Evakuierung aus Frankreich verloren hätten und neue bräuchten.

„Haben Sie den Verlust bei der Polizei gemeldet?"

Wir sahen uns entgeistert an. „Bei welcher Polizei?" sagte Erik. Wir erzählten von unserer Überfahrt mit dem Kreuzfahrtschiff, dem Chaos an Bord, der Cholera und wie wir schließlich ohne Papiere und mittellos in Belém gelandet seien.

„Ja, das ist schlimm!" sagte die Konsulin und kramte aus ihrer Schublade einen Block mit Formularen hervor. „Ich nehme das mal auf meine Kappe. Mit Berlin habe ich schon seit Monaten keinen Kontakt mehr. Aber füllen Sie das mal aus." Sie reichte uns die Formulare, in die wir unsere persönlichen Daten eintrugen.

„Ein Foto haben Sie sicherlich auch nicht. Dann fahren Sie mal nach unten, während ich das hier bearbeite." Sie gab uns drei Plastik-Marken und machte sich daran, unsere persönlichen Angaben in die provisorischen Reisepässe zu übertragen, während wir mit dem Fahrstuhl in die erste Etage fuhren, wo tatsächlich ein Fotoautomat stand. Er kam mir vor wie ein Beichtstuhl, hatte er doch einen seitlichen Vorhang, der zu allem Überfluss auch noch violett gefärbt war. Erik kannte die Dinger noch aus seiner Jugendzeit. „Reinsetzen, Gardine zu und lächeln!"

Herr Schmidt hatte sich schon längst zum Mittagessen verabschiedet, als die Konsulin schließlich den Stempel mit dem Bundesadler in unsere provisorischen, aber korrekt ausgefüllten Reisepässe drückte.

„Sie sind allerdings nur ein Jahr gültig." Mit diesen Worten überreichte die Konsulin uns die jetzt amtlich beglaubigten Dokumente und fragte: „Und nun?"

„Jetzt haben wir wieder einen Pass," antwortete Erik und ich muss gestehen, mir wäre auch nichts Besseres eingefallen.

„Ich meine, wo wollen Sie hin? Nach Deutschland geht schon seit Monaten kein Flug mehr und andere Länder werden Sie mit diesem Provisorium kaum einreisen lassen."

Sie hatte Recht. Offenbar hätten wir uns die Mühe mit dem neuen Pass sparen können. Wir besaßen jetzt zwar ein Dokument, dass uns zur Rückreise nach Deutschland berechtigte, aber warum sollten wir dahin zurück, wovor wir geflohen waren? Und, selbst wenn wir es gewollt hätten, nicht nur die Flugverbindungen waren gekappt, auch der Schiffsverkehr war eingestellt worden. Es kamen zwar, auch hier in Belém, noch hin und wieder noch Schiffe aus Europa an, aber zurück führen die nicht mehr, so die Konsulin. Gisela, bemüht die Situation zu retten, lächelte. „Wenigstens haben wir jetzt etwas in der Hand, wenn uns die brasilianische Polizei nach einem Ausweis fragt."

Die Konsulin nickte. „Hier kommen jetzt jeden Tag Flüchtlinge aus Deutschland vorbei.

Die meisten haben zwar noch ihren Pass, aber sie wollen wissen, ob die deutsche Regierung irgendetwas für sie tun kann."

„Und? Tut sie das?" Erik hatte mir wieder die Frage aus dem Mund genommen.

„Ich habe Ihnen schon gesagt, dass ich seit Monaten keinen Kontakt mehr mit Berlin habe. Das Auswärtige Amt antwortet einfach nicht. Ich selbst habe vor, bald das Konsulat zu schließen. Denn ewig kann ich nicht hierbleiben. Mein letztes Gehalt ist schon lange aufgebraucht und wovon soll ich leben? Wenn Herr Schmidt nicht die Miete für das Büro zahlen würde, wäre hier schon lange Schluss."

Aus einer Konsulin, die eben noch unter dem Bundesadler sitzend unsere Pässe stempelte und Deutschland repräsentierte, war jetzt selbst eine hilfsbedürftige Person geworden. Dieses Konsulat kam mir vor wie eine auf offenem Meer treibende schwarz-rot-goldene Rettungsinsel, aus der langsam die lebensrettende Luft entwich. Oder war es eher ein Stück Eis, das in der tropischen Hitze unaufhaltsam dahinschmolz?

„Und was werden Sie dann machen?" Erik hatte das „Sie" deutlich betont, nicht gerade unhöflich, aber so direkt, dass es mir fast peinlich war.

„Oh," antwortete sie errötend, „ich überlege in den Süden zu fahren, nach Santa Catarina, dort habe ich Verwandte."

„Sie haben Verwandte in Brasilien?"

„Ja, ich bin zwar Deutsche, wie Sie, aber bin hier geboren. Dort unten sprechen noch viele Deutsch. Es sind meistens Nachkommen von Siedlern, die im neunzehnten Jahrhundert Deutschland verlassen haben."

„So wie wir jetzt im einundzwanzigsten." Gisela lächelte, wohl auch, um die Situation etwas zu entspannen.

„Ja, da haben Sie recht." Die Konsulin erwiderte Giselas Lächeln und hielt ihr zum Abschied die Hand hin. Erik stand bereits an der Tür und wollte gerade die Klinke betätigen, als die Konsulin etwas sagte, was ihn aufhorchen ließ.

„Die meisten von den Leuten, die vorgesprochen haben, sind hier in Pará geblieben. Irgendwo flussaufwärts, den Amazonas hoch, ist eines von den Projekten, die früher von Deutschland finanziert wurden."

„Und?" Erik hatte die Türklinke losgelassen und wieder einen Schritt zurück gemacht.

„Da in der Nähe hat ein Deutscher Land gekauft, ein riesiges Stück Urwald, so groß wie das Saarland, sagt man. Und das verkauft er jetzt stückweise an deutsche Flüchtlinge."

Sie gab uns die Anschrift der Universität, wo, wie die Konsulin versicherte, schon seit Jahren etliche Ausländer arbeiteten, darunter auch einige Deutsche. Es wären nicht Flüchtlinge wie wir, sondern alte Hasen, wie sie sagte, die wüssten sicherlich mehr über das Projekt und könnten uns vielleicht weiterhelfen.

Wir bedankten uns und verließen das Konsulat, nicht ohne vorher auf unserer Brasilienkarte dort ein Kreuz gemacht zu haben, wo die Konsulin die ökologische Station vermutete. Irgendwo in der Nähe von Santarém, den Amazonas aufwärts.

Wir wussten, dass wir nicht ewig so weitermachen konnten. Irgendwo mussten wir bleiben und versuchen ein neues Leben aufzubauen. Oder, das war die Meinung von Gisela, wir mussten einen Ort finden, wo wir so lange bleiben konnten, bis sich die Lage in Deutschland wieder normalisiert hatte.

„Das läuft auf dasselbe hinaus," sagte Erik, als wir abends in der Hotelbar saßen.

„Ja", stimmte Gisela zu. „Das läuft auf dasselbe hinaus."

Würden wir für immer in Brasilien bleiben? Erik schien davon auszugehen. Es war das erste Mal, dass ich Angst hatte, meine Heimat nie wieder zu sehen.

Belém hatte tatsächlich eine Universität. Zumindest prangte diese Bezeichnung über dem riesigen Eingangstor, neben dem ein Uniformierter vor einem Häuschen stand, in das er sich immer dann zurückzog, wenn gerade niemand Einlass begehrte. Die Sonne hatte noch nicht ihren Zenit erreicht, ließ aber jedermann in den Schatten flüchten. Er trat einen Schritt hinaus und winkte uns freundlich durch, im Vorbeigehen noch den Weg zum Institut für Höhere Studien weisend, als dessen Besucher er uns wohl schon von Weitem eingeordnet hatte. Dann zog er sich wieder in den Schatten seines Unterstands zurück, in dem ein Ventilator hin und her wackelte.

In der Tat waren die an der Universität beschäftigten Ausländer zum überwiegenden Teil dort konzentriert, wohl, weil es dort Postgraduierten-Studiengänge gab, welche ansonsten nur noch das Geologische Institut zu bieten hatte. In diesem waren ebenfalls einige Deutsche angestellt, welche für die großen Bergbaufirmen der Region die so dringend benötigten Ingenieure ausbildeten. Das Institut für Höhere Studien musste wohl, aus der Sicht des Pförtners, besser zu uns passen. Wahrscheinlich war es auch unsere weibliche Begleitung, die eher auf das Institut schließen ließ, denn das Geologische Institut war eine reine Männerdomäne. Kaum hatten wir das Tor passiert, fiel es krachend hinter uns zu. Dieses abrupte Geräusch hatte etwas Definitives und Ausschließendes. Obwohl ich mich erschrocken umgedreht hatte, zeigte mir das immer noch lachende Gesicht des Uniformierten, dass der abrupte Schließvorgang nicht uns, sondern der feindlichen Umwelt hinter uns galt. Wir waren den letzten Kilometer zu Fuß gegangen und an einem stinkenden Kanal vorbei durch ein Viertel gekommen, das man in den USA Slum und in Deutschland Elendsviertel genannt hätte, wenn es denn so etwas dort geben würde. Ich gestehe, dass ich das zwar eingezäunte, aber großzügig und parkähnlich angelegte Universitätsgelände, nach unserem Gang durch dieses schäbige Viertel als äußerst angenehm empfand.

Das IHS, das Institut für Höhere Studien, war ein zweigeschossiger Bau, der sich von außen in nichts von den anderen Universitätsgebäuden unterschied. Ein roter Backstein füllte die rechtwinkligen Freiräume der tragenden Betonkonstruktion aus und gab dem Ganzen den Anschein von Seriosität und Produktivität. „Sieht aus wie eine Fabrik," sagte Erik, als wir kurz innehielten und den Bau von außen betrachteten. Ich gebe zu, dass er damit nicht ganz Unrecht hatte.

Auf den mit blauem Linoleum ausgelegten Gängen war niemand zu sehen und die Türen des Sekretariats öffneten sich selbst nach beharrlichem Klopfen nicht. So gingen wir der Beschilderung nach und hofften, in der im zweiten Stock gelegenen Cafeteria auf jemanden zu treffen, der uns Auskunft geben könnte. Eine dicke Frau verstaute die gerade eingetroffenen noch dampfenden „Coxinhas", eine seiner Form nach wohl den Oberschenkel eines Hähnchens imitierende frittierte Masse, in einer Vitrine. Gisela erwiderte das gastfreundliche Lächeln von Dona

Maria, so hieß sie, und erstand, nach kurzem Hin und Her, währenddessen Erik und ich an einem der vor der Theke verteilten Plastiktischchen Platz nahmen, drei dieser Delikatessen. Sie seien im Auditorium, erfuhren wir, während ich eine der glühend heißen Coxinhas zwischen den Fingern hin und her balancierte. Sie, das waren sämtliche Mitarbeiter des Hauses, die sich zu einer Vollversammlung zurückgezogen hätten und vor Mittag bestimmt nicht zu sprechen wären.

Erik, der wenig Sinn für akademische Formalitäten hatte, stürmte, kaum hatten wir unseren Imbiss beendet, auf die Tür des im gleichen Stockwerk befindlichen Auditoriums los. Als er sah, dass wir ihm nur zögerlich nachfolgten, winkte er uns energisch herbei und sagte, so laut, dass man ihn wohl auch drinnen gehört haben musste: „Sie sind hier drin!" Als jemand von innen die Tür öffnete, erschrak ich, ob der Rauchschwaden, die über den Köpfen der der Anwesenden waberten. Die Sitzreihen fielen leicht nach unten hin ab und waren, bis auf die letzte, wo wir uns rasch niedersetzten, voll belegt.

Nie hatte der Ausdruck, ich glaube, ich bin im falschen Film, meiner Gefühlslage mehr entsprochen als jetzt, wo ich schon über eine Stunde versuchte zu verstehen, um was es hier eigentlich ging. Offenbar war der Zigarettenrauch, der mir gleich beim Eintritt aufgefallen war, Anlass für eine hitzige Diskussion, die zwischen den Wortführern des, anders kann man es nicht sagen, in feindliche Fraktionen aufgesplitterten Publikums, ausgefochten wurde. Dabei wurde zwar immer wieder der die Luft verpestende Rauch erwähnt, aber auf eine derart verworrenen Art und Weise, dass ich Mühe hatte, zu verstehen, ob sie diesen Rauch, so wie ich es als naheliegend empfunden hätte, lästig und vielleicht sogar schädlich fanden, oder, im Gegenteil, als Ausdruck der Emanzipation von kolonialer Vorherrschaft, betrachteten. Dieses hatte tatsächlich eine drei Reihen vor uns sitzende blondhaarige Frau gesagt, und sie wiederholte es. Emanzipation von kolonialer Vorherrschaft sei es, dass die Anwesenden Indigene ihren Tabak auch hier und gerade hier, im Institut, dass sich der amazonensischen Sache widme, rauchen zu dürfen. Ich reckte meinen Kopf, um im nach vorne hin immer dichter werden Rauch, Indios zu entdecken, die jetzt vom nachfolgenden Redner erregt als falsche Indios bezeichnet wurden, da sie, erstens in Cambridge studiert hätten, zweitens Kollegen des Fachbereichs für Anthropologie seien, drittens alle Anwesenden einem nicht zu unterschätzenden Gesundheitsrisiko aussetzten. Und alles dies täten sie nur um zu provozieren und die für heute angesetzten Wahlen des nächsten Institutsdirektors zu boykottieren. Seine weiteren Worte gingen im allgemeinen Geschrei unter. Die vor uns Sitzenden erhoben sich, fuchtelten wild mit den Armen und machten Anstalten nach vorne zu gehen. Leute aus der ersten Reihe hatten schon die Tribüne besetzt und dem Versammlungsleiter mit dem Schlachtruf „Zur Tagesordnung! Zur Tagesordnung!" das Mikrofon abgeluchst, das sich mit einem hohen Pfeifton bedankte.

Unsere Hoffnung an diesem Institut für Höhere Studien Unterstützung oder wenigstens eine nützliche Information zu bekommen, hatte sich buchstäblich in Schall und Rauch aufgelöst. Erik brauchte nichts zu sagen. Wir erhoben uns mit ihm und öffneten die Tür hinter uns, die uns zusammen mit einer Rauchwolke ins Freie entließ.

7. Flussaufwärts

Bis ein Schiff flussaufwärts fuhr, verblieben uns noch drei Tage Zeit. Wir hatten uns in einem Mittelklassehotel ganz in der Nähe des Konsulats einquartiert und vertrieben uns die Zeit mit kleineren Spaziergängen durch die Nachbarschaft. Meistens in den frühen Morgenstunden und dann wieder ab sechs Uhr abends. Von elf Uhr an war es so heiß, dass wir es vorzogen im Hotel zu bleiben. Gisela brachte uns dann wieder einige portugiesische Sätze bei, oder wir versuchten zu verstehen, was die Nachrichtensprecher zu den Geschehnissen in Europa sagten. Wir verstanden fast nichts, aber wegen der Bilder war es klar, dass es darum ging. Gisela hatte Warschau, wo sie einmal in Ferien war, erkannt, und jetzt blieb mir fast das Herz stehen, denn das Brandenburger Tor war deutlich zu sehen. Irgendetwas musste dort geschehen sein, denn immer wieder wurden Bilder gezeigt, auf denen die Quadriga zu sehen war. Eine neue Einstellung legte nahe, dass diese wohl abgestürzt war, denn der Trümmerhaufen am Fuße der Säulen, aus dem ein grüner Pferdekopf ragte, ließ keinen anderen Schluss zu. Die Straßen Berlins waren menschenleer, aber ich fragte mich, wer denn wohl das Brandenburger Tor gefilmt hatte.

„Vielleicht war es eine Drohne," meinte Erik.

„Oder die Russen," vermutete Gisela und Erik stimmte ihr zu.

„Eine russische Drohne, das kann sein, aber persönlich traut sich da keiner mehr hin."

Immer wieder zeigten sie dieselben Bilder. Einmal sogar in einer Sequenz mit historischen Aufnahmen. Zuerst ein Zug mit uniformierten Fackelträgern, dann das Brandenburger Tor hinter einem Schild „Achtung! Sie verlassen jetzt Westberlin!", dann ein Foto mit einem Riesenfeuerwerk und schließlich immer wieder dieser menschenleere Platz vor dem Monument mit den Trümmern der Quadriga am Fuße der Säulen.

Diese verstörenden, sich immer wiederholenden Bilder, hatten sich bald in meinem Kopf eingefressen. Auch des nachts ließen sie mich nicht in Ruhe. Ich sah im Traum lange Marschreihen von fackeltragenden Männern angeführt von einem Reiter auf grünem Pferd, der an seinem Gürtel einen Revolver trug, wie man ihn aus Wildwest-Filmen kennt. Gisela lief winkend durch das Brandenburger Tor, während eine Gruppe von Jugendlichen, von oben, genau da wo die Quadriga gestanden hatte, Eimer mit grüner, dampfender Farbe ausschütteten. Ich wollte Gisela warnen, aber der Schrei blieb mir in der Kehle stecken. Zu spät! Gisela war schon über und über mit dieser dampfenden Farbe bedeckt und auch die Fackeln der vorbeiziehenden Männer färbten sich schlagartig grün. Es war ein unheimliches Grün, das immer heller wurde, bis es schlagartig erlosch.

Ich erwachte, weil Gisela an die Tür klopfte. Sie hatte ein weitausgestelltes, rosafarbenes Sommerkleidchen an, das sich, als sie die Tür öffnete, im Luftzug an ihren Körper schmiegte. „Was ist los?" fragte sie, als sie mein erschrecktes Gesicht sah. „Nichts", sagte ich.

Ich war erleichtert, als die drei Tage Wartezeit auf unser Schiff endlich vorbei waren und wir unsere Sachen packen konnten. Der Hafen von Belém, wenn man ihn denn so nennen will, bestand aus einer Unzahl von in den Fluss hineingebauten Landungsstegen, an denen ein- und zwei-geschossige Boote die Produkte der Region, in allen möglichen Spielarten, entluden. Riesige Fähren schoben sich einfach ein Stück weit ans abgeflachte Ufer, um dort ihre Last an Baumstämmen loszuwerden. Andere Boote nahmen Zementsäcke an Bord. Auf wieder anderen baumelten Passagiere in ihren buntkarierten Hängematten, während nebenan Kanister mit Benzin verladen wurde. Ein nur mit Mühe vom Auge zu erfassendes Durcheinander, das abrupt hinter uns blieb, kaum dass sich unser Schiff einige Meter vom Ufer entfernt hatte. Bald war Belém mit seinem Hafengetümmel nur noch eine Hochhaus-Silhouette und wenig später dann ein Streifen am Horizont, der immer öfter hinter der links und rechts auftauchenden, mal näherkommenden und mal sich plötzlich entfernenden, bis ins Wasser hinein bewachsenen Uferböschung verschwand, um schließlich hinter einer Biegung des Stroms ganz unterzutauchen.

Das Schiff war dem, das uns von Macapá bis Belém gebracht hatte, ziemlich ähnlich, wieder hing eine beträchtliche Anzahl von Passagieren in Hängematten auf dem offenen, unteren Deck. Und wieder gab es Kabinen für diejenigen, die es sich leisten konnten. Bis Manaus hätten wir fünf Tage gebraucht, aber unser Ziel war ein Kreuz auf der Landkarte, das einen kleinen Ort, ungefähr zwei Tagesreisen entfernt, markierte. Der Kapitän hatte uns zugesichert, dort kurz anzulegen, obwohl dieses planmäßig nicht vorgesehen war. Er kannte diesen Ort und hatte, wie er versicherte, schon andere deutsche Migranten dort aussteigen lassen. „Nova Germania!" sagte er lachend und wiederholte: „Nova Germania!"

Das Schiff zog friedlich seine Bahn. Nur wenn ein anderes Schiff, zumeist eine riesige Fähre vollbepackt mit Lastwagen oder rohen Baumstämmen, uns entgegenkam, schwankten die Hängematten heftig, wenn wir dessen Bugwelle durchkreuzten. Aus dem Bordlautsprecher tönte eine verträumte und zuweilen trotz des Rhythmus melancholisch anmutende Musik. Ich setzte mich, immer dann, wenn ich nicht zum Wachdienst in unserer Kabine eingeteilt war, an die Reling und sah auf den Fluss hinaus. Erik hatte wegen unseres Gepäcks angeordnet, dass immer einer, wenigstens einer, wie er sagte, in der Kabine bleiben müsse, aber da sowohl Gisela als auch er, sowieso lieber in der Kabine lagen, als auf das offene Deck zu gehen, saß ich meistens allein dort.

Bereits am ersten Tag hatte ich einen Mann gesehen, der wegen seines Aussehens nur Deutscher sein konnte. Gut, er trug ein T-Shirt mit dem Eine-Welt-Aufdruck in deutscher Sprache, was schon ein klarer Hinweis auf seine Herkunft war. Aber zuerst war er mir wegen seines sonnenverbrannten Gesichts aufgefallen, das er, weil er alle anderen Passagiere um eine Kopfeslänge überragte, wie eine rote Lampe über das Deck trug. Er war als einer der Letzten an Bord gekommen und hatte seine Hängematte irgendwo ganz hinten aufgehängt, dort, in der Nähe der Toiletten, wo selbst jetzt, Stunden nach der Abfahrt noch Platz war.

Er hieß Karl-Heinz Novak und hielt mir seine weiße Pranke so zuversichtlich lächelnd hin, als wolle er einen Pakt lebenslanger Freundschaft mit mir schließen. Novak war sichtlich froh, dass er einen Deutschen getroffen hatte und als er hörte, dass meine Reise ebenfalls in Nova Germania – der Ort, den wir ansteuerten, hatte anscheinend tatsächlich diesen Namen – enden würde, geriet er so außer sich, dass sein Gesicht noch röter wurde als es eh schon war.

Novak war, so klärte er mich auf, der deutsche Partner des Projekts Agro-Forstwirtschaft, das vor vielen Jahren vom Bundesministerium für wirtschaftliche Zusammenarbeit mit deutscher Finanzierung gestartet worden war, allerdings damals noch nicht Nova Germania genannt worden wäre, weil es das, also Nova Germania, selbstverständlich noch nicht gegeben hätte. Durch die jüngsten Ereignisse sei auch er zum Flüchtling geworden und habe es, nach einigem hin und her, endlich bis hierhergeschafft. Auch er habe von einem Mann gehört, der dort Land verkaufe, allerdings kenne er ihn nicht persönlich und den, den er kenne, würde so etwas bestimmt nicht tun. Und wenn, dann fände er es, ehrlich gesagt, merkwürdig.

„Was?" fragte ich, nicht nur, um endlich auch einmal etwas zu diesem Gespräch beizusteuern, sondern weil ich tatsächlich nicht verstanden hatte, was er damit sagen wollte.

„Dass er dort Land verkauft! Unser Projekt ist an ein Reservat für Indigene angebunden. Dort gibt es kein Privateigentum von Land. Aber vielleicht handelt es sich ja um ein Gebiet in der Nachbarschaft. Er wolle auf jeden Fall das Projekt weiterführen und die ordnungsgemäße Ausgabe der Mittel überprüfen.

„Im Urwald?" fragte ich.

Novak lächelte. „So kann man es nennen. Tropischer Regenwald ist aber angemessener."

Ich hatte Novak noch nichts von Erik und Gisela erzählt. Auch achtete ich darauf, dass mein unter dem Hemd verborgener Revolver niemals in Reichweite der weissen Hände meines Landsmannes kam. Das war er, mein Landsmann, aber man konnte nie wissen, was im nächsten Augenblick geschehen konnte, das hatte ich mittlerweile gelernt, und dass Erik und Gisela in der Kabine unsere Barschaften und den Schmuck bewachten, ging nun wirklich niemanden etwas an. Novak redete und redete.

„Es ist schön wieder einmal Deutsch sprechen zu können," sagte er, obwohl er auch Portugiesisch beherrsche, das hätte er in Portugal gelernt, deshalb guckten ihn auch die Leute immer so komisch an, wegen des Dialekts. Der Kapitän hätte sogar gelacht.

„Woher kommen Sie denn?" fragte er mich unvermittelt.

„Aus Deutschland." Ich wunderte mich über diese dumme Frage.

„Ich meine, Wessi oder Ossi?"

„Weder noch," antwortete ich und wurde zunehmend ungehaltener. „Ich bin aus Westfalen." „Also Wessi," schlussfolgerte er.

Während wir an der Reling standen und ich zusah, wie die Sonne immer schneller dem Horizont zufiel, der vor uns den Amazonas zu verschlucken schien, erklärte er mir die Prinzipien der Agro-Forstwirtschaft. Ich hörte von Stockwerken mitten im Wald, mehrjährigen Stauden und einjährigen Nutzpflanzen, die im Schatten von vierzig Meter hohen Obstbäumen ausgezeichnete Erträge lieferten.

„Jetzt ist sie weg."

„Wer?" fragte er verwundert.

„Die Sonne," antwortete ich und machte Anstalten mich zu verabschieden. Er hielt mir seine weiße Hand hin. „Bis morgen," sagte er. „Bis morgen," sagte ich und machte, dass ich davonkam.

Die Kabinentür war geschlossen. Ich wiederholte noch einmal unser vereinbartes Klopfzeichen, nichts. Wieder und wieder klopfte ich an die Tür, bis ich schließlich drinnen ein Rumoren vernahm. Erik öffnete einen Spalt breit und sagte, so als ob er erstaunt wäre: „Ach Du bist es!"

„Mach schon auf," sagte ich, „wer soll es sonst sein?"

Gisela saß auf dem Bett und zog an ihrer Bluse herum. Ich mochte manchmal etwas schwer von Begriff sein, aber die Situation war mehr als eindeutig. Das verlegene Grinsen Eriks verflüchtigte jeden noch verbliebenen Zweifel: Gisela und Erik hatten ein Verhältnis. Nicht, dass ich etwas grundlegend dagegen gehabt hätte, aber unser seit Wochen eingespieltes Team, war mit einem Schlag aus dem Gleichgewicht geraten.

„Pass weiter gut auf das Gepäck auf," sagte ich und zog eine der Hängematten, die wir in Belém gekauft hatten, aus dem Schrank und verließ die Kabine. So fand ich mich, nur wenige Minuten nachdem ich mich von ihm verabschiedet hatte, erneut neben Novak wieder, dessen Gesichtsausdruck verriet, dass er meine Rückkehr als ein Zeichen unserer beginnenden Freundschaft ansah.

„In der Kabine ist es mir zu stickig," sagte ich und rollte mich in die Hängematte ein. In der Nacht schlief ich kaum. Manchmal fielen irgendwelche geflügelten Tierchen auf mich, die, sobald sie eine Weile auf mir herumgekrabbelt waren, ihre Flügel abwarfen.

„Es sind Schneefalter," hörte ich den Doktor sagen und erschrak. Wo er wohl war? Ob er noch lebte? Ich machte mir Vorwürfe, dass ich in der letzten Zeit so wenig an ihn gedacht hatte. Ohne ihn wäre ich vielleicht schon lange tot. Hatte er mir nicht den Weg in den Bunker gezeigt und mich dort vor dem Schlimmsten bewahrt, indem er mich als seinen Assistenten beschäftigte? Ich hatte ihn einfach zurückgelassen und war mit Erik und Gisela weitergezogen. Auf seinen Wunsch hin, ja. Trotzdem fühlte ich mich schuldig, denn zu schnell, so schien es mir jetzt, hatten wir diesen Wunsch, ihn zurückzulassen, akzeptiert. Die Insekten hörten erst auf, meine Hängematte heimzusuchen, als das elektrische Licht über mir erlosch.

„Das sind Cupins, fliegende Termiten," sagte Novak, bevor er, zuerst leise und dann immer lauter, zu schnarchen begann.

Auch in den nächsten beiden Nächten blieb ich auf dem offenen Deck. Mein Versuch weiter vorne einen Platz zu finden, wo ich meine Hängematte hätte befestigen können, war fehlgeschlagen, nicht, weil es nicht vielleicht irgendwo noch eine Handbreit Platz gegeben hätte, aber ich war einfach zu schüchtern, um mich in das Gehänge und Gebaumel hineinzuwagen. Die Passagiere, die in den wenigsten Fällen allein reisten, hingen nicht nur neben, sondern auch übereinander und zuweilen so dicht, dass, sobald eine Hängematte anfing zu schwingen, sie auch die anderen mit in Bewegung versetzte. Wie gesagt, mir blieb der freie Platz vor den Toiletten, wo auch Novak sein Domizil aufgeschlagen hatte. Ich erzählte ihm nichts von meiner bisherigen Reise, obwohl er einige Male höflich nachgefragt hatte, denn das hätte bedeutet, dass ich auch über Erik und Gisela hätte reden müssen und danach war mir nicht.

Meine Einsilbigkeit musste der gesprächige Novak als Interesse an seinen Ausführungen gewertet haben, denn er redete in einem fort. Der Vorteil nebeneinander in Hängematten zu liegen ist, dass man sich zwar hört, aber nicht sieht. So lauschte ich zwar stundenlang, und manchmal durchaus interessiert, Novaks Vorträge über die Vorteile des agroforstwirtschaftlichen Systems, riskierte aber hin und wieder die Augen zu schließen, was mich bei dem sanften Geschaukel meiner Hängematte in einen derart entspannten Zustand versetzte, in dem ich, so muss es wohl gewesen sein, einige Male tatsächlich einnickte.

Auf jeden Fall war ich, obwohl ich einige Kapitel verpasst hatte, nach Ablauf der dreitägigen Flussreise soweit über die Agro-Forstwirtschaft aufgeklärt, dass ich mir buchstäblich ein Bild von ihr machen konnte. Da gab es riesige oft vierzig oder fünfzig Meter hohe Bäume, in deren Kronen sich die Affen von Ast zu Ast schwangen und, nachdem sie die überall herumhängenden Früchte verspeist hatten, die unverdaulichen Samen einfach auf die Erde warfen. Ja, es konnte schon passieren, dass einen solch ein Kern traf, Novak jedenfalls sei das schon einmal passiert, nicht in Amazonien, denn da war er zu meiner Überraschung noch nie, aber im botanischen Garten in Berlin. Ausserdem war es kein Affe, sondern eine Dohle gewesen, die einen Kirschkern habe fallen lassen. Aber Kirschen gäbe es im tropischen Regenwald nun einmal nicht und Dohlen auch nicht. Doch gehe es um das Prinzip und das agroforstwirtschaftliche Prinzip wäre es, nichts wegzuwerfen, was im Gesamtsystem noch einen Nutzen haben könne. Heruntergefallene Samen würden ebenso verwertet, nämlich für das Heranziehen der nächsten Generation von Urwaldriesen, wie die herabfallenden Blätter, welche nicht einfach verbrannt würden, um Gottes Willen!, sondern zur Kompostierung mit anderen organischen Resten vermengt, bald einen ausgezeichneten Humus abgäben. Dieser Humus sei sowieso das Geheimnis des Regenwaldes und damit auch der Agro-Forstwirtschaft, denn, anders als viele angesichts der üppigen Vegetation der Tropen meinten, die Qualität des Bodens dort sei miserabel. Alle Nährstoffe kämen nur aus der oberen Bodenschicht, aus dem Humus, den der Wald selbst produziere. Und da setze man nun an, ganz unten. Da könne man sogar Salat pflanzen, wenn man wolle, aber damit experimentiere man noch. Auf jeden Fall Ananas, eine kniehohe Pflanze, über der sich dann die mannshohen Blätter der Bananenstauden neigten. Im selben Stockwerk noch Kakao, vielleicht auch Kaffee, dann die Açaipalme, zurzeit wegen ihres energiespendenden Saftes, der aus der Fruchthülle ihrer Samen gewonnen würde, geradezu in Mode, dann der Advokatbaum, ebenfalls in einer Experimentierphase, da nur gewisse Unterarten sich für Agro-Forstwirtschaft eigneten und dann ...

„Der Mangobaum!" Ich glaube es war das einzige Mal, dass ich es gewagt hatte etwas zum Thema beizusteuern, und es war vorerst auch das letzte Mal, denn Novak bäumte sich in seiner Hängematte auf und rief: „Nein, der Mangobaum nicht! Das ist eine exotische Pflanze aus Asien, eingeschleppt von den portugiesischen Kolonisatoren. Er gehört nicht zum Ökosystem Amazoniens und gehört ausradiert."

Ich hatte in Belém hunderte von Mangobäumen die Straßen der Stadt säumen sehen und mich manches Mal in ihren Schatten geflüchtet, wenn die Sonne hoch am Himmel stand und ihre sengenden Strahlen auf den Asphalt schickte. Die barsche Reaktion des Spezialisten für Agro-Forstwirtschaft neben mir überraschte mich dermaßen, dass ich fortan, zumindest, wenn es um den Regenwald ging, den Mund hielt. Ich baumelte in meiner Hängematte und versuchte an nichts zu denken, auch nicht an Erik und Gisela, die sich seit Stunden nicht mehr hatten sehen lassen. Die laue Luft, die man meinte, mit Händen greifen zu können, so dicht und schwer war sie, half dabei. Überhaupt hatte ich diesen Eindruck später noch mehrmals, nämlich, dass die Tropen auf eine rätselhafte Weise das Vergessen fördern. Vielleicht war es auch die Empfindung, dass, sobald man in diese stickige Unendlichkeit aus Bäumen und Wasser eintaucht, sich nach und nach alle Unterschiede verwischen und alles gleichgültig wird.

Zwischendurch schnappte ich einige Satzfetzen auf, die aus Novaks Hängematte drangen. Immer wieder sprach er von Vielfalt, manchmal auch von Diversität, was wohl das Gleiche bedeutete. Aber je mehr er die Unterschiede zwischen den Pflanzen und Tieren betonte und wie sie sich gerade deshalb so hervorragend ergänzten, desto mehr hatte ich den Eindruck, wenn ich auf die dunkelgrüne Wand sah, die uns schon seit Stunden begleitete, dass er etwas übersehen hatte. Ich sah nur Einförmigkeit, oben begrenzt von einer träge vorbeiziehenden Wolkenschicht und unten von Wassermassen, von der nur Eingeweihte wussten, woher sie kamen und wohin sie verschwanden.

Irgendwann hätte ich nicht mehr sagen können, ob wir fuhren oder auf der Stelle standen. War eine weitere Stunde vergangen oder nur ein paar Minuten? Auch der Vortrag von Novak schien sich im Kreis zu drehen: Artenvielfalt, Differenz, System, Artenvielfalt, Differenz, System. Ich muss wohl geschlafen haben, denn ein plötzliches Geschaukel, gefolgt von einem ungemütlichen Stoß und lauten Rufen genau neben mir, hatten mich aufgeweckt. Die Sonne war kurz davor unterzugehen und warf ihre letzten Strahlen auf den Anleger von Nova Germania, an dem wir gerade festmachten.

8. Das Ökoprojekt

Einmal an Land verhielten sich Gisela und Erik wie früher. Das gemeinsame Interesse, erstens unser Gepäck zu verteidigen und zweitens, einen Ort zu suchen, wo wir die Nacht in Sicherheit verbringen konnten, einte uns erneut. Gisela warf mir einige Male Blicke zu, die mir zu signalisieren schienen, dass die Affäre mit Erik eben nur dieses war, eine Affäre und unsere Freundschaft nicht infragestellte. Ich muss gestehen, dass ich gerne mit ihr geredet hätte, so wie früher, denn weder Erik noch unsere neue Bekanntschaft, Karl Heinz Novak, zeigten dieses warmherzige Interesse an meiner Person und meinem Befinden, das Gisela mir stets entgegengebracht hatte. Doch zunächst galt es, sich schnell in der neuen Situation zurechtzufinden. Während Novak mit seinem überdimensionierten Rucksack gleich auf einen Flachbau zusteuerte, vor der ein Geländewagen geparkt war, blieben wir drei auf dem Anleger stehen und blickten auf die Männer, die auf dem Landungssteg saßen und ihrerseits zu uns herübersahen. Wir verharrten noch eine Weile, unschlüssig darüber, ob wir an einem sicheren Ort gelandet waren oder geradewegs in eine Falle tappten.

„Kommt her," rief Novak, der dabei war, seinen Rucksack auf das Fahrzeug zu hieven. Neben uns hatte ein mit Açaikörben beladenes

Boot festgemacht, das, nachdem es seinen Außenbordmotor hochgeklappt hatte, nun von den Männern entladen wurde, die zuvor auf dem Steg gesessen hatten.

„Kommt her," rief Novak wieder, der schon einige Schritte wieder zurückgemacht hatte.

„Gehen wir," sagte Erik, „Du behältst diesen Novak im Auge und ich den Fahrer."

Schon bald erwies sich, dass unsere Vorsicht übertrieben war, denn schon nach wenigen Metern hielt der Jeep vor der generösen Veranda eines weiß gestrichenen Holzhauses. „Das Gästehaus," klärte Novak auf. Dafür, dass er, wie er mir auf dem Schiff gesagt hatte, noch niemals in Amazonien war, bewegte er sich sehr selbstsicher und so, als ob er schon des Öfteren hier gewesen war. Aber jetzt war keine Zeit für langes Räsonieren. Wir nahmen unsere Sachen und gingen hinter Novak her, der uns im Halbdunkeln die Räumlichkeiten erklärte. Plötzlich leuchteten Glühbirnen auf. Der Generator war lärmend angesprungen und verbreitete bald den Geruch von verbranntem Dieselöl in unseren Zimmern. Ich sah in das von dem grellen Licht erschreckend weiße Gesicht Eriks, der mir zuraunte: „Wir schlafen in einem Zimmer, ich meine, du und ich, und passen auf das Gepäck auf."

So taten wir, obwohl, ich gestehe es, ich mich am liebsten mit Gisela zurückgezogen hätte. Mir waren während der langen Flussfahrt so viele

Dinge durch den Kopf gegangen, die ich gerne mit ihr besprochen hätte. Aber Erik hatte entschieden und wer war ich schon, um ihm zu widersprechen.

Auf dem Schiff hatten wir kein Moskitonetz gebraucht, aber hier an Land, umgeben von einer feuchtigkeitstriefenden Vegetation in der sich neben Mücken, die verschiedensten Insekten tummelten, war es unmöglich, ohne ein solches ein Auge zuzudrücken. Für die Hängematte gab es spezielle Netze, die, an deren Format angepasst, bis auf den Boden reichten und nach Naphtalin rochen. Unsere Revolver lagen griffbereit auf dem Fußboden unter uns. Irgendein Geräusch und wir wären einsatzbereit gewesen. Was mich jedoch nicht einschlafen ließ, war nicht die Angst vor einem Überfall, sondern das, gleich nachdem wir das Licht ausgeschaltet hatten, einsetzende tierische Gebrüll, welches zuerst in einiger Entfernung und dann in unmittelbarer Nachbarschaft die Luft vibrieren ließ. „Brüllaffen", sagte Erik, und ließ mich, während ich diesem infernalischen Konzert lauschte, bald durch sein eigensinniges Schnarchen wissen, dass er eingeschlafen war.

Als ich erwachte, fiel durch die Ritzen zwischen den Dachpfannen das erste Licht. Es schien, als ob alle Bewohner des Urwalds sich verabredet hätten, die im Osten eilig aufgehende Sonne zu begrüßen. Es pfiff und gurrte, dass es eine Freude war. Ein rhythmischer Ruf, der klang, als ob jemand mit Macht auf ein metallenes Xylophon schlüge, gab dem Ganzen eine fast unnatürliche, oder besser gesagt, technische Note. Ich lag fröstelnd in meiner Hängematte und staunte. Überflüssig zu sagen, dass ich so etwas noch nie gehört hatte. Es war nicht das, was man in Deutschland als Vogelgezwitscher oder, noch abwegiger, als Vogelsang hätte bezeichnen können. Hier sang niemand, nein, hier wurde geschrien, gekreischt, geklopft, gepfiffen und getönt. Ach, was! Unmöglich diese Vielzahl von durch die Sonne erweckten Stimmen zu benennen! Vielleicht haben andere Ähnliches verspürt, wenn nach langem Gang durch den Schnee, schließlich die Tannen den Blick auf die verschneite Gipfelwelt freigeben, oder, wenn die Sonne über der Tundra steht, als wolle sie uns mit den zarten Farben ihres abendlichen Abschieds für die Mittagsglut entschädigen, vielleicht. Für mich waren es diese Töne, die mich von einer Sekunde auf die andere fühlen ließen, dass alles das, was ich bisher erlebt hatte, unwesentlich war, klein und unbedeutend im Vergleich zu diesem einzigartigen Augenblick. Ich verharrte noch einige Zeit und lauschte dem Beben in meiner Seele hinterher, es wurde schwächer und schwächer und war verklungen als der Weckruf der Kreaturen draußen im Wald im Angesicht der jetzt rasch aufsteigenden Sonne verstummte.

So lag ich noch eine Weile und hing friedlich meinen Gedanken nach, als ein Gepolter im Vorraum meiner Ruhe jäh ein Ende setzte. Einige Leute sprachen auf Portugiesisch und auch die Stimme von Novak konnte ich jetzt deutlich heraushören. Erik, noch benommen vom plötzlich unterbrochenen Schlaf, hatte sich, mit dem Revolver in der rechten Hand, in seiner Hängematte aufgerichtet und versuchte, seinen Kopf mit der Linken aus dem Moskitonetz zu befreien. Ich war mittlerweile aufgestanden und horchte an der verschlossenen Tür, denn auch eine deutsche Stimme war jetzt zu hören.

„Es geht um Geld," sagte ich zu Erik gewandt. „Sie streiten um Geld."

Wir brauchten nicht lange, um herauszufinden, warum sie sich so erregten. Mehrere Deutsche waren eingetroffen, wie ich später in Erfahrung brachte, waren es Eigentümer gerade erworbener Parzellen, von denen jeder eine andere Geschichte zu erzählen schien. Um es kurz zu machen: Ein ehemaliger Mitarbeiter des agroforstwirtschaftlichen Projekts, das Novak von Berlin aus betreute, hatte, nachdem die Kommunikationsverbindungen zum Ministerium für Wirtschaftliche Zusammenarbeit abgerissen waren, eigenmächtig das Ende eben dieses Projektes erklärt und begonnen, nur um die ausbleibenden Lohnzahlungen zu kompensieren, wie er versicherte, zuerst Ausrüstung und andere mobile Güter an die Mitarbeiter zu verteilen, um dann schließlich, als es nichts mehr zu verteilen gab, das Land selbst, auf dem das Projekt angesiedelt war in Parzellen aufzugliedern und diese, als lohnähnliche Leistungen, wie er sich ausdrückte, an den ehemaligen Mitarbeiterstab zu vergeben.

So weit, so gut. Es war aber nicht bei dieser Aktion geblieben, die man vielleicht noch als Notwehr in einer unvorhersehbaren Krise hätte verstehen können, Krausewetter, so der Name des örtlichen Projektleiters, war dazu übergegangen, auch Ländereien, die zwar an das Projekt angrenzten, aber nicht mehr zu ihm gehörten, zu verkaufen.

Und es war an dieser Stelle, dass ein allgemeines Geschrei losging, denn Krausewetter behauptete, dass er das Land, bevor er es verkauft habe, höchstpersönlich seinen bisherigen Besitzern abgekauft habe. Dieses wurde von anderen Deutschen bestritten. Sie warfen Krausewetter vor, dass er Teile des weiter im Inland gelegenen Reservats der Cari-Cari einfach an sich gerissen und an nichtsahnende deutsche Flüchtlinge zu völlig überhöhten Preisen verkauft habe. Novak, der verzweifelt versuchte, Ordnung in das Gewirr von Stimmen und Meinungen zu bringen, setzte sich schließlich, mit hochrotem Kopf und sichtlich um Fassung ringend, abseits auf einen Baumstumpf.

In dieser Nacht und auch in den folgenden blieben wir im Gästehaus. Unsere Idee, ein Stück

Land zu kaufen und darauf eine neue Existenz aufzubauen, hatte sich als komplizierter erwiesen, als wir uns das vorgestellt hatten. Vor allem Gisela war einigermaßen geschockt, sowohl von den Streitigkeiten zwischen unseren Landsleuten, als auch von dem autoritären Stil Krausewetters.

Dieser, das konnte ich in den nächsten Tagen sehen, wurde, wenn nicht von den Deutschen, so jedoch von den Caboclos, die seit Generationen am Flussufer lebten und keine Indios waren, sondern aus einer Mischung von Kolonisatoren, Indios und Schwarzen hervorgegangen waren, auf eine für uns verblüffende Weise respektiert. Es mag sein, dass sie in Krausewetter, gerade wegen seines herrischen Auftretens, jemanden sahen, der sie beschützen konnte. Krausewetter war schon seit langem, Novak sagte, seit mehr als zwanzig Jahren hier unten. Er sagte tatsächlich „hier unten", es war derselbe Ausdruck, mit dem der Doktor sich häufig auf unser Hospital im Bergwerk bezogen hatte. Nur diese beiden Wörter zu hören, jagte mir einen Schauer über den Rücken.

In sich entschuldigendem Tonfall erklärte Novak weiter, dass er Krausewetter in das agroforstwirtschaftliche Projekt aufgenommen hätte, weil er wie kein zweiter Deutscher die Region kannte. Ahnung von Agro-Fortwirtschaft hätte er aber eigentlich nicht. Er sei früher einmal Lektor beim Deutschen Akademischen Austauschdienst gewesen und wäre nach Ablauf seines Vertrages einfach hiergeblieben. Er kenne zwar Land und Leute wie kein zweiter, wäre aber, wie wir schon gesehen hätten, völlig verbuscht.

„Verbuscht?" Ich war von meiner gedanklichen Abschweifung zurückgekehrt und gleich über dieses merkwürdige Wort gestolpert.

„Ja," Novak hatte sich wieder gefangen und lachte kurz auf, „Verbuscht. So nennt man im Ministerium diejenigen, die zu lange im Busch waren und als Entwickler und Projektmanager nicht mehr taugen, weil sie sich bereits zu sehr an das Entwicklungsland angepasst haben."

Jetzt verstand ich, warum gerade die Caboclos Krausewetter die Stange hielten. Offenbar stand der ihnen näher als ein Novak, der ihnen mit rotem Kopf unverständliche Anweisungen gab, oder die deutschen Siedler, die, ohne Kenntnis der Region, versuchten auf den von ihnen erworbenen zwanzig Hektar Urwald zu überleben.

Novak, der sich am ersten Tag noch aufführte, als ob es die Möglichkeit gegeben hätte, das Öko-Projekt wieder unter Kontrolle zu bringen, hatte inzwischen das Ausmaß der Katastrophe erkannt. Wenn er das Ministerium in seinem Rücken gehabt hätte, ja, wenn, dann hätte er Gelder bewilligen können für Dinge, die man in Deutschland für wichtig hielt. Auch hätte er Mittel kürzen können und damit Druck gemacht, mit Sicherheit, aber jetzt war er allein und Mittel gab es sowieso nicht mehr. Ein Regierungsvertreter ohne Regierung ist nur ein Mensch und so viel Wert wie er selbst. Aber was war dieser rotgesichtige Novak noch wert? Er konnte Projekte für ferne Länder machen wie dieses, ohne auch nur jemals einen Fuß in das fremde Land gesetzt zu haben, denn er war überzeugt, dass man den Regenwald rund um den Globus retten konnte, indem man seine Bewirtschaftung an seine natürlichen Vorgaben anpasste. Das war der Sinn des von ihm entworfenen Agro-Forst-Projekts, das auch in anderen Ländern der Feuchttropen getestet wurde. Novak, das nahm ich ihm wohl ab, glaubte an den guten Zweck seiner Mission. Aber jetzt? Was tun?

Erik, stets praktisch denkend und mit einem untrüglichen Gefühl für Macht und nützliche Allianzen, brauchte nicht lange, um die ersten Schlüsse zu ziehen. Er hatte beschlossen Novak das Schießen beizubringen. Er nahm ihn deshalb freundschaftlich beiseite und drückte dem verdutzten Kerl seinen Revolver in die Hand. Dann wies er auf eine leere Plastikflasche, die in einigen Metern Entfernung auf dem Boden lag.

„Schieß!"

Novak war so verdutzt, dass er erschrocken den Revolver auf Erik richtete. Dieser drehte blitzschnell Novaks Hand mit der Waffe seitwärts und schnauzte ihn an.

„Bist du wahnsinnig! Der ist geladen!"

„Entschuldigung," sagte Novak und zielte jetzt brav auf die Flasche.

„Zuerst entsichern!"

Erik zeigte, wie man das machte und Novak gab mutig den ersten Schuss seines Lebens ab. Der feuchte Boden neben der Flasche zuckte kurz auf.

„Vorbei," sagte er kleinlaut.

„Macht nichts," flüsterte Erik. „Ein Mensch ist grösser. Den hättest du getroffen." Und mit deutlich erhobener Stimme fügte er hinzu: „Idiot! Pass das nächste Mal besser auf!"

Ich hatte mir das Spektakel aus sicherer Entfernung angesehen und es war mir wohl klar, dass es Erik hier nicht darum ging, aus Novak einen perfekten Schützen zu machen. Ihm ging es vielmehr darum, Krausewetter, der vor der Baracke saß und uns beobachtete, zu zeigen, dass er bewaffnet war und ihm auch ansonsten in Kaltschnäuzigkeit um nichts nachstand.

Ich gestehe, dass, angesichts der verworrenen Lage, meine Zukunft erneut in düsteren Farben versank. Die Idee, Land zu kaufen und davon zu leben, war mir bis zu unserer Ankunft in Nova Germania sehr sympathisch gewesen. Aber unter Land hatte ich mir etwas anderes vorgestellt, nämlich das, was man aus Deutschland kennt: Weideland, Ackerland, vielleicht auch einen angrenzenden Streifen Wald, Feldwege, einen Bach und mittendrin ein geräumiges Bauernhaus mit einer angeschlossenen Schweinezucht und einem Hühnerstall. Hier hatte ich bisher außer die zum Bootssteg führende Lichtung mit den an sie angrenzenden, im Schatten der riesigen Bäume errichteten Baracken, nicht viel gesehen. Wir hatten einen Gang durch den Wald gemacht, und auch das, was ich sah, entsprach überhaupt nicht dem, was man sich gewöhnlich unter einem Wald vorstellt. Links und rechts war der Weg von undurchdringlichem Gestrüpp begrenzt und die Bäume hatten ihr Astwerk derart ineinander verschlungen, dass man weder die einzelnen Bäume voneinander unterscheiden noch den Himmel über uns sehen konnte. Novak, der hinter mir herging, war indes hell entzückt über die Diversität, wie er nicht müde wurde zu betonen und wies immer wieder auf Pflanzen hin, die er irgendwo im Dickicht erspäht haben wollte, von denen mir aber nur im Gedächtnis blieb, dass sie allesamt lateinische Namen hatten.

Mich wunderte deshalb, dass Erik, statt das Kommando zum Abmarsch zu geben, am Abend mitteilte, dass er morgen eine Parzelle besichtigen würde, die weiter oben zum Verkauf anstünde. Gisela schien an der Besichtigung teilnehmen zu wollen, und auch ich hatte keine Lust, den ganzen Tag allein am Flussufer zu sitzen. Was mich wunderte war, dass auch Novak mitwollte, doch dies passte zu seinem veränderten Verhalten, das mir schon gestern aufgefallen war. Ich möchte fast sagen, unangenehm aufgefallen war. Er war, anders kann man das nicht sagen, umgefallen. Aus dem schärfsten Kritiker Krausewetters, am Tage unserer Ankunft, war ein kleinlauter Opportunist geworden, der offenbar in Erik und unserer Gruppe die einzige Chance sah, hier zu überleben oder, zumindest, wieder heile wegzukommen.

Am nächsten Morgen ging es los. Wider Erwarten nicht über Land, immer tiefer in den Dschungel hinein, sondern mit einem offenen Boot, einem Außenborder, solange flussaufwärts, bis wir an einen Seitenarm kamen, dessen Uferböschungen deutlich niedriger waren und der schließlich, gesäumt von einem schilfartigen Bewuchs, ruhig dahinströmte. Krausewetter hatte uns einen Caboclo mitgegeben, der das Motorboot vom letzten Sitz aus, steuerte und der sich offenbar gut auskannte.

„Dieser Fluss ist meine Straße," lachte er und begann ein Lied zu singen, das eben diesen Satz als Refrain hatte. „Esse rio é minha rua." Dieser Fluss ist meine Straße.

Langsam ein Gebäude in Sicht, das Novak ganz aus dem Häuschen brachte.

„Da ist sie! Die Schule!" Dieses Mal wurde es mir wirklich zu bunt.

„Woher willst Du das denn wissen?" fragte ich ihn.

„Wir haben sie im Ministerium entworfen! Sie sieht genauso aus wie in den Plänen. Ich wusste nur nicht, dass sie schon fertig ist."

Dieses merkwürdige Schulgebäude mitten im Urwald, erregte nun auch das Interesse von Gisela. Kaum hatten wir angelegt, steuerte sie darauf zu und, da die Eingangstür nicht verschlossen war, sah sie sich darin um.

„Alles komplett," sagte sie anerkennend, als sie wie der zu uns stieß.

Wir waren zuerst das Flüsschen entlang gegangen, dann hinter dem Schulgelände abgebogen und dort, wo einige Urwaldriesen uns Schatten für eine kurze Rast boten, stehengeblieben.

Das zu Verkauf stehende Gelände begann gleich hier. Insgesamt zwanzig Hektar nahezu unberührten Tropenwaldes. Weiter hinten war eine Schneise in den Wald geschlagen worden, wohl, um das Grundstück von den folgenden Parzellen abzugrenzen. Man konnte sie mit einiger Mühe als Weg benutzen, obwohl die Vegetation schon teilweise wieder nachgewachsen war, um die Wunde, die man ihr geschlagen hatte, zu schließen.

Unser Führer riet uns, nicht weiter in das Gebüsch einzudringen, denn gerade solche Lichtungen seien bei den Schlangen und anderem Viehzeug beliebt. Beim Wort Schlange wich Gisela sofort zurück und verabschiedete sich mit dem Hinweis, dass sie sich noch einmal die

Schule ansehen wolle.

Diese Schule war offenbar noch nie als eine solche benutzt worden. Die Stühle, mit integrierter Schreibfläche, standen in Plastik verpackt zu Türmen, mit jeweils fünf Stück, in Reih und Glied im Eingangsbereich. Von dort gelangte man direkt ins Zentrum des Gebäudes, dessen Dach an einem riesigen Pilz ähnelte. Die Klassenräume waren kreisförmig angeordnet und konnten von Giselas Standort in der Mitte eingesehen und betreten werden. Was ihr gleich aufgefallen war, als sie das Gebäude betrat, war die angenehme Kühle in seinem Innern. Diese war nun nicht, wie ansonsten in den Tropen gang und gäbe, einer Klimaanlage geschuldet. Woher hätte auch der dazu nötige elektrische Strom kommen sollen? Das kreisrunde, nach oben konisch zulaufende, Dach war, als ob man seine Spitze abgeschnitten und etwas höher, mit einem ellenlangen, kaum sichtbaren Abstand, wieder aufgesetzt hatte. Dadurch war das Dach zu einer Art Trichter geworden, der, trotz seiner Öffnung, das Gebäude gegen den fast täglich niedergehenden Regen schützte. Die aus eigenem Antrieb nach oben steigende warme Luft entwich durch den seitlichen Spalt in der Höhe, während der kaum merkliche dadurch entstandene Luftstrom, beständig die unteren, kälteren Luftschichten anzog, was im Gebäude als sehr angenehm empfunden wurde und selbst in den Klassenräumen noch spürbar war. Gisela hatte sich gleich in diese Schule verliebt. Aber wo waren die Schüler?

Diese Frage stellte sie Novak, als wir, nach einem Platz im Schatten suchend, eintrafen. Der war um eine Antwort nicht verlegen. Im Ministerium seien Erhebungen gemacht worden, da sei man von der durchschnittlichen Bevölkerungsdichte pro Quadratkilometer ausgegangen, einer noch zumutbaren Entfernung zwischen Wohnort und Schule, sowie wahrscheinlicher Zahl von Kindern im schulpflichtigen Alter. Vier Klassenräume seien ausreichend, das hätte man errechnet und, zuzüglich der anderen für eine Schule unabdingbaren Räumlichkeiten, sei dann dieses Gebäude entworfen worden. „Wie man sieht," fügte Novak befriedigt hinzu, „es ist gut geworden."

„Aber wo sind die Schüler?" wiederholte Gisela ihre Frage.

Novak blickte in die Runde, als ob er Unterstützung suchte. Erik und ich zuckten mit den Achseln, denn auch uns kam dieses nagelneue Schulgebäude mitten im Tropenwald vor wie ein weißer Elefant, der sich verlaufen hatte. Plötzlich hellte sich Novaks Gesicht auf. Sein Blick war auf den Caboclo gefallen, der uns hierhergebracht hatte und untätig im Boot saß, dieser würde wissen, wo die Kinder sind.

Ich hatte mich schon abgewendet, um eine Reihe von Ameisen zu beobachten, die auf einer handbreiten Schneise dahertrippelten und jede auf die gleiche Art ein Stück Blatt über den Kopf hielt, mit dem eine nach der anderen in einem Loch verschwand.

Der herbeigewunkene Caboclo gab nun in der Tat an, dass weiter oben, wenn man nur zehn Minuten dem Wasserarm folge, eine kleine Siedlung sei. Er selbst hätte dort Verwandte und Kinder seien dort auch. Überhaupt gäbe es in gewissen Abständen immer wieder einige Holzhäuser am Ufer, die zwar kein elektrisches Licht hätten, aber Kinder, die gäbe es immer.

Novak blickte triumphierend in die Runde. „Seht ihr, unsere Jungens vom Ministerium, die hatten schon was drauf!" Aber Gisela war von der Antwort nicht befriedigt. „Wenn es Schüler gibt und eine Schule, warum gibt es dann keinen Unterricht? Die Stühle sind noch alle original verpackt und stehen auf dem Flur herum." Dieses Mal brauchte Novak nicht darum zu bitten, die Antwort des Caboclo kam wie aus der Pistole geschossen.

„Weil es keine Lehrer gibt." Und da Novak immer noch schwieg, fügte er hinzu: „Wichtiger als die Schule, sind die Lehrer."

…"und die Lehrerinnen", ergänzte Gisela, worauf er freudig nickte.

Als wir wieder im Gästehaus waren, war es

wieder Gisela, welche die Initiative ergriff. „Ich bin Lehrerin, es gibt eine Schule, offenbar irgendwo im Busch auch Schüler, warum versuchen wir es nicht?"

„Was?" fragte Erik trocken und ich hätte beinahe im selben Augenblick dasselbe gesagt.

„Hierzubleiben." Gisela strich sich ihre Haare mit beiden Händen hinter den Kopf und zog sie geschickt durch ein Gummi. Straff zusammengebunden gewann ihre Frisur an Strenge. In den Augenwinkeln zeigten sich jetzt, als sie lächelte, kleine Fältchen, die ich bis dahin noch nicht bemerkt hatte. Für einen Augenblick konnte ich sie mir als Lehrerin vorstellen.

Ich muss sagen, dass das, was in den nächsten Tagen geschah, meine kühnsten Vorstellungen übertraf und mir nicht im Traum eingefallen wäre. Erik, offenbar durch Giselas Entschlusskraft angesteckt, kaufte mit seinem Teil unserer Barschaft, die hinter der Schule gelegene Parzelle von 20 Hektar Wald und bestellte bei Krausewetter allerlei Gerätschaften, die er für das Urbarmachen seines Landes für notwendig hielt. Ich konnte mir beim besten Willen nicht vorstellen, wo dieser eine Kettensäge und einen Dieselgenerator, um nur zwei Beispiele zu nennen, herbekommen wollte, aber schon nach zwei Tagen, standen sie vor dem Gästehaus. Von Gebrauchsspuren gezeichnete Exemplare, aber immerhin funktionstüchtig.

Erik war schon gestern mit einem Stapel Bretter und dem notwendigsten Werkzeug, aufgebrochen, um eine einfache Holzhütte zu bauen und hatte mich gebeten, seine Bestellungen entgegenzunehmen. Der Caboclo fuhr von nun an ein oder zwei Mal am Tag zwischen Eriks Grundstück und dem Gästehaus hin und her und war, das kann man sagen, bald fester Bestandteil von Eriks Arbeitsbrigade. Ja, anders konnte man die Gruppe von kräftigen, braunen Männern nicht bezeichnen, die Erik beim Bau seines Holzhauses und dem Entfernen und dem Fällen der ersten Bäume halfen. Es waren auch diese Männer, die, kaum hatten sie von Giselas Schulplänen gehört, ihre Frauen mitbrachten, wovon jede mindestens zwei Kinder verschiedensten Alters im Schlepp hatte.

Ich zog es in all dem Gewimmel vor, im Gästehaus zu bleiben. Gisela verbrachte die ersten Nächte, bis sie alles so halbwegs organisiert hatte, ebenfalls noch im Gästehaus. Dann, als die ersten zwei Klassen aus jeweils ungefähr gleichaltrigen Schülern organisiert waren und der Unterricht beginnen konnte, schlief sie direkt in der Schule, in der „Escola Alemã", wie die Einheimischen sie nannten. Dort hatte sie im Sekretariat zwei Haken anbringen lassen, wo jetzt des nachts ihre Hängematte baumelte. In den ersten Tagen hatte ich ihr noch geholfen, die Stühle aus ihrer Verpackung zu befreien, Schultafeln, die ebenfalls noch eingepackt waren, in den Klassenzimmern anzubringen und eine gewisse Ordnung in die vor dem Sekretariat Schlange stehenden Mütter zu bringen. Auch ansonsten fielen allerlei kleinere Arbeiten an, die ich mir erspare im Einzelnen aufzuführen. Auf jeden Fall war Gisela vollauf beschäftigt und redete mit mir nur noch über ein Thema: die Schule. Als sie meine Hilfe nicht mehr benötigte und im Gästehaus immer seltener erschien, begann auch ich zu überlegen, wie es mit mir weitergehen sollte. Die Schule hätte zwar einen zweiten Lehrer noch gut gebrauchen können, aber der war ich nun einmal nicht. Und Erik? Dem war mit muskulösen, gegen Mückenstiche und Sonnenbrand resistenten Caboclos mehr gedient als mit mir. So saß ich stundenlang am Landungssteg und hatte als einzige Abwechslung die Boote, die weiter draußen vorbeitrieben und sogar manchmal bei uns anlegten.

Zu wem ich mit der Zeit, trotz meiner anfänglichen Reserven, immer mehr Kontakt bekam war Novak. Der war ebenfalls im Gästehaus geblieben und versuchte verzweifelt, über ein Radio, das er selbst einmal als Teil der Grundausstattung der ökologischen Station genehmigt hatte und das zwar unversehrt angekommen war, aber seitdem unbenutzt herumgestanden hatte, Kontakt mit seinem Ministerium zu bekommen. Doch Berlin antwortete nicht. Vielleicht war es diese von Novak als persönliche Niederlage interpretierte Situation, die ihn nach und nach seine anfängliche Arroganz, für eine solche hatte ich seine überbordende Besserwisserei gehalten, ablegen ließ. Wie er da stundenlang vor diesem quietschenden Apparat saß, immer wieder mit dem Kopf schüttelte, sich mit einem Taschentuch die Stirn wischte, dieses dann durch und durch aufgeweichte Etwas zusammenknüllte und in den Papierkorb warf, zeigte mir einen Mann, der an die Grenze seiner Möglichkeiten gekommen, im Begriff war, sich dieses auch einzugestehen. Doch erst als er den Apparat abstellte, mich ansah, als ob er das erste Mal wahrgenommen hätte, dass mit ihm noch ein anderer verloren auf hoher See treibt und zu mir sagte: „Berlin antwortet nicht!" wurde dieses Eingeständnis durch seine offenherzige Mitteilung zu einer Tatsache, auf die sich eine Entscheidung gründen ließ.

Ich wusste zu diesem Zeitpunkt nicht, was in ihm vorging, merkte aber, dass Novak begann, allerlei Dokumente zusammenzutragen, die ihm, teilweise nach heftigen Wortwechseln, von Krausewetter ausgehändigt wurden. Auch sah ich ihn immer wieder am Tisch des Refektoriums sitzen und, über eine Brasilienkarte gebeugt, Notizen machen. Was mich aber am meisten beeindruckte, war, dass er sich jetzt, wenn ich, wie es zu meiner Gewohnheit geworden war, am Steg saß, zu mir setzte, sich nach meinem Befinden erkundigte und bei dieser Gelegenheit auch die eine oder andere Begebenheit aus seinem Leben erzählte. Am liebsten aber, so stellte sich bald heraus, teilte er mir seine entwicklungspolitischen Ansichten mit, die, obwohl nun in ihren Grundfesten erschüttert, eigentlich immer dieselben gewesen wären. Er hätte es eigentlich schon immer gewusst, dass es so nicht mehr lange hätte weitergehen können. Daher ja auch sein Interesse für nachhaltiges Wirtschaften, und überhaupt sein Suchen nach einem Entwicklungspfad, der die Menschheit vor ihrem absehbaren Untergang hätte retten können.

Nur dann, wenn er, wie jetzt, so sprach, als wäre dieser Untergang schon vollzogen oder zumindest unvermeidbare Zukunft, schaltete ich mich in seinen melancholischen Redefluss ein. Ich hatte zwar nichts besonders Geistreiches zu beizusteuern, protestierte aber gegen seine negativen Visionen und zitierte sogar den Doktor, der mir, in ähnlicher Verfassung wie jetzt Novak, im Bergwerk wiederholt ins Gewissen geredet hatte. Man könne das Leben nicht einfach aufgeben, auch wenn man die Lust daran verloren habe, hatte er gesagt, oder zumindest hatte er es so ähnlich gesagt. An was ich mich aber wortwörtlich erinnere, war der Satz: „Das Sein will sein und das Leben will leben!" Diese Worte waren mir dank seiner Schlichtheit und durchaus einleuchtenden Logik im Gedächtnis geblieben und taten auch jetzt ihre Wirkung. Novak rappelte sich auf und versuchte, trotz allem, wie er sagte, an einen Ausweg in letzter Minute zu glauben.

Es wunderte mich, dass gerade er so lange darauf bestanden hatte, mit Berlin Kontakt aufzunehmen. Doch nach und nach wurden mir seine Beweggründe klarer. Die Tropen, so schien es, waren für ihn der Stoff, aus dem die Träume sind. Oder besser: das weit entfernte Amazonien war für ihn eine unschuldige Fläche, auf die er seine Fluchtfantasien, die aus seinem Frust über den Gang der modernen Gesellschaft und ihrer umweltzerstörenden Wirtschaft resultierten, projizieren konnte. Er war ein Projektemacher, wenn man so will ein Theoretiker einer besseren Praxis, aber eben kein Realisierer, kein Macher wie Erik, der keine Theorie brauchte, um sich in den Überlebenskampf zu werfen und sich an jede, auch missliebige, Situation anzupassen.

9. Berlin antwortet nicht

Während die Zeit verstrich und ich auf etwas wartete, von dem ich nicht sagen konnte, was es war, kamen immer mehr Deutsche nach Nova Germania. Es war immer dasselbe. Eines der Boote, die regelmäßig den Fluss auf und nieder fuhren und die ich inzwischen schon von Weitem voneinander unterscheiden konnte, steuerte unseren Steg an, warf eine Leine herüber, die entweder ich oder ein anderer gerade anwesender auffing und schon kletterten einige rotköpfige Gestalten an Land. Deutsche, wie die Laute, welche sie ausstießen, aber auch ihr ganzes Gebaren, verrieten. Meistens fragten sie auf Englisch nach Krausewetter, dessen Anzeige sie irgendwo gelesen hatten, schliefen dann eine Nacht im Gästehaus und stürmten gleich am nächsten Tag in den Busch, um eines der zu Verkauf stehenden Grundstücke zu besichtigen. Es ist, während der Zeit, in der ich selbst im Gästehaus von Nova Germania wohnte, nicht vorgekommen, dass einer dieser Ankömmlinge wieder abreiste. Manchmal fühlte ich mich an das Bergwerk erinnert, in das zwar Tausende hinabfuhren, aber niemand wieder hinauf. Gut, der Vergleich war unberechtigt, gab es doch hier Sonne, freie Luft zum Atmen und eine wirtschaftliche Perspektive, denn alle, das erfuhr ich in den Gesprächen während ihres kurzen Aufenthalts im Gästehaus, waren brennend an Agro-Forstwirtschaft interessiert. „Das ist meine Schuld," sagte Novak, ohne seinen Stolz völlig verbergen zu können. „Wir haben unser Projekt überall in Deutschland vorgestellt und sogar mehrere Preise dafür bekommen."

„Preise?"

„Ja, sogar einen Preis für gelungenen Technologietransfer," er kicherte verhalten, „und dass, obwohl noch gar nichts stand, außer dem Gästehaus. Aber das Projekt war eben perfekt."

Immer dann, wenn neue Flüchtlinge angekommen waren und Novak ihnen höchstpersönlich die Vorzüge einer Agrikultur in Etagen vorstellte, schien er selbst eine Art Rückfall zu haben. Damit will ich sagen, er schien zu vergessen, was in der Zwischenzeit alles passiert war. In der Nacht setzte er sich dann an sein Funkgerät, dessen quietschendes Rauschen mir sagte, dass Berlin ihm auch in dieser Nacht nicht antworten würde.

Die gesundheitliche Verfassung der Neuzugänge war manchmal besorgniserregend und ich fragte mich, wie sie den weiten Weg bis hier überhaupt geschafft hatten. Der ein oder andere war so geschwächt, dass er mit vereinter Anstrengung der Kräftigeren aus dem Boot gehievt werden musste. Krausewetter hatte mittlerweile einen Rollstuhl besorgt, eines jener Modelle, die aussahen, wie jene, die man im Zweiten Weltkrieg in Lazaretten benutzt hatte, aber hier im

Norden Brasiliens noch durchaus üblich waren. Der Rollstuhl funktionierte jedoch nur auf dem Anleger selbst. Danach blieb er in dem losen Sand oder, wenn es vorher geregnet hatte, im Schlamm stecken. Unter Krausewetters Anleitung wurden dann zwei schon bereitliegende Stangen unter den Sitz geschoben und der Neuzugang bis zum Gästehaus getragen. Wie gesagt, ich sah keinen von ihnen, auch nicht von diesen durch die Strapazen der Anreise zusätzlich Geschwächten, wieder aus dem Tropenwald hervorkommen, nachdem sie einmal darin verschwunden waren. Aber wo hätten sie auch hinsollen? Weit und breit war kein Krankenhaus vorhanden, und wenn man schon krank war und leiden musste, dann war es sicherlich besser, dieses im Schatten eines Andiroba-Baumes zu tun, aus dessen Rinde die Einheimischen eine ölige Arznei gewannen, die vielleicht, wer konnte das wissen, auch gegen die Strahlenkrankheit half.

Während Novak die Neuankömmlinge, die Kranken lassen wir jetzt einmal beiseite, mit Vorträgen über Agro-Waldwirtschaft beschäftigte, versuchte ich in den Pausen, beim Abendessen oder dem am nächsten Morgen hastig eingenommenen Frühstück, Informationen über Deutschland aus ihnen herauszuholen. In der Regel wandten sie sich, sobald ich meine Bitte um Neuigkeiten vortrug, ab, oder entschuldigten sich mit dem Hinweis, dass sie selbst nichts wüssten, oder dass sie schon zu lange aus Deutschland weg wären und als verlässliche Quelle nicht taugten. Doch dem ein oder anderen löste sich die Zunge und ich hörte, von einem zerstörten Berlin, endlosen Schlangen auf den verstopften Autobahnen und einer Exilregierung, die, von Washington aus, versuche, das zu tun, was eine Regierung eben mache, regieren. Es waren die bitteren Untertöne nicht zu überhören, wenn das Gespräch auf die Politik kam. Trotzdem erlebte ich keinen Fall, und es waren mit der Zeit doch einige Dutzend mit denen ich gesprochen hatte, von direkter Kritik an den verantwortlichen Politikern und Ministern. Dem Bundeskanzler wurde sogar mehrmals bescheinigt, alles nur Mögliche getan zu haben, um den Frieden zu retten, eine Auffassung, der von einer Minderheit lebhaft widersprochen wurde. Dieses aber nur, wenn ich Gelegenheit hatte, mit jemandem allein zu sprechen. Untereinander mieden die neuen Siedler über Vergangenes zu reden und von Politik mussten sich die meisten wohl schon verabschiedet haben, als sie noch in Deutschland waren, anders konnte ich mir das ausgeprägte Desinteresse daran nicht erklären. Ganz anders dann die Begeisterung, mit der sie sich wenig später auf dem Weg zu ihrer Parzelle machten. Einige stießen beim Anblick der ersten blauschimmernden, handtellergroßen Falter, die auf dem Weg herumtorkelten, sogar Entzückungsrufe aus. Das war mir nur zu verständlich, mochten sie sich doch an die Schneefalter erinnern, denen auch ich beim Verlassen des Bunkers begegnet war.

Novak, der mit unschlagbaren Argumenten und Enthusiasmus die ökologische Forstwirtschaft verteidigte, tat selbst keinen Schritt in den Wald, um die Umsetzung seiner Ideen aus der Nähe zu verfolgen. Ich vermutete, dass er insgeheim wusste, dass in der Praxis seine sympathische Theorie das war, was sie war, nämlich sympathisch, aber die Realität doch ganz anders aussah. Denn selbst ich, der weder praktische Erfahrung mit Landwirtschaft noch theoretisch geschult war, konnte mir an fünf Fingern abzählen, dass es Jahre brauchen würde, bis ausreichend Nutzpflanzen in den verschiedenen Etagen herangewachsen waren, um die neugebackenen tropischen Ökobauern zu ernähren. Und woher sollten die anderen Dinge kommen, die man nun einmal zum Leben braucht. Dinge wie Möbel, Kleider, Zahnpasta und Zahnbürste, Fensterglas und Werkzeuge, Nägel und Medizin?

Erst später, als ich auf diese Ereignisse aus der Distanz von vielen Jahren zurückblickte, verstand ich, dass derselbe, nennen wir es mal Idealismus, dafür verantwortlich war, dass Deutschlands Wirtschaft, noch vor dem dann folgenden Krieg, vor dem wir geflohen waren, in die Knie ging. Durchweg hatten die ankommenden Siedler die besten Absichten und einige hatten sogar Einiges über tropische Landwirtschaft gelesen oder Videos über dieselbe angesehen. Aber sie ahnten wohl nicht die Schwierigkeiten, die man allein schon hatte, wenn man im feuchten Unterholz ein Feuer machen wollte. Dass der Regenwald seit Jahrzehnten in Flammen stand, ja, das hatten sie im Fernsehen gesehen, aber daraus zu schließen, dass man mal so eben ein Zündholz über die Reibfläche zieht und schon brennt das Feuer für den Kaffee, das war vorschnell. Die Streichholzschachtel war feucht, wenn man sie überhaupt noch öffnen konnte, so verquollen war sie. Brennmaterial triefte vor Feuchtigkeit und man nahm schließlich die Hilfe der Nachbarn gerne an, die sich vor Monaten hier angekommen waren und sich mit dem gleichen Problem konfrontiert sahen. Wer nicht an den Spätfolgen der Strahlenkrankheit starb, schloss sich eben diesen Nachbarn an, welche es wiederum geschafft hatten, sich mit den ortsansässigen Caboclos zu arrangieren. Diese zeigten den Gringos, wie sie die Deutschen nannten, welche Pflanzen essbar waren, wie man aus geflochtenen Palmenblättern ein Dach machte und sogar, wie man auf ein Gerippe aus bestimmten biegsamen und widerstandsfähigen Hölzern, Lehm warf, diesen trocknen ließ und so die Wände einer einfachen Hütte baute. Später dann wurde das Palmendach durch Holzschindeln ersetzt. Aber dazu musste man das Holz kennen, das sich in Schindelform spalten ließ und die Bäume, die eben dieses Holz hergaben.

Die Aufteilung in rechteckige, zwanzig Hektar umfassende Parzellen, hatte bald keinerlei Bedeutung mehr. Die Überlebenden schlossen sich in Gruppen zusammen, die, ähnlich wie die Caboclos, entlang von Igarapés, kleineren verzweigten Flüsschen oder sogar am Steilufer des Amazonas ihre improvisierte Bleibe aufschlugen, die mit der Zeit den Holzhäuschen der Caboclos immer ähnlicher wurden. Warum diese den Siedlern in so vielen schwierigen Situationen halfen, ist mir jedoch immer ein Rätsel geblieben. Vielleicht, das war zumindest die These von Novak, war selbst nach der Ankunft so vieler Münder, der Überschuss an Fischen, Flusskrebsen, Bananen, Palmherzen, Cupuaçu und Kokosnüssen, kurzum den Früchten des Regenwaldes, immer noch so groß, dass er selbst diese überschüssige Bevölkerung ernähren konnte.

Krausewetter, nachdem er das Geld für die verkauften Parzellen eingestrichen hatte, besaß mittlerweile ein fünfzig Fuß langes, überdachtes Boot, mit dem er oft wochenlang unterwegs war. Wenn er dann zurückkam, hatte er allerhand nützliche Waren an Bord, die er, dessen war ich mir sicher, für ein Vielfaches seines Einkaufswertes an seine Landsleute verhökerte. Auch Gisela und Erik kauften bei ihm ein. Meistens bestellten sie sogar bestimmte Dinge, wie Schulkreide oder Gummistiefel, die er dann gegen einige Noten aus ihren schrumpfenden Barbeständen an sie weitergab.

Apropos Schulkreide, Gisela, die sich nur noch für ihre Schule zu interessieren schien, kam immer seltener ins Gästehaus. Sie erkundigte sich zwar immer nach meinem Befinden, redete dann aber sofort wieder von der Schule, sodass ich mir eine Antwort hätte sparen können, was ich fortan dann auch tat. Sie hatte tatsächlich zwei Klassen zusammenbekommen, die sie die Jüngeren und die Älteren nannte. Das Problem sei, dass sie keine Schulbücher habe und die meisten der Älteren nicht lesen könnten und die Jüngeren sowieso nicht. Jedes Mal erzählte sie mir davon und beklagte sich, dass man auf diese Weise Kinder unmöglich unterrichten könne, bis sie mir eines Tages berichtete, dass sie das Problem gelöst habe.

„Welches Problem?" fragte ich, obwohl ich wusste, was sie meinte.

„Das Fehlen der Schulbücher, um den Kindern Lesen und Schreiben beizubringen, das hatte ich dir doch erzählt."

„Ach so", sagte ich.

Obwohl ich keine Anstalten machte zu fragen, wie sie denn das Problem gelöst habe, sah sie darüber hinweg und teilte mir freudestrahlend mit, dass einige der älteren Schüler Bibeln mit in die Schule gebracht hätten. Die wären von evangelischen Missionaren irgendwann dagelassen worden. Erst hätte sie gezögert, aber jetzt klappe es ausgezeichnet.

„Was?" fragte ich, um nicht wieder unhöflich zu sein.

„Das Unterrichten, die Alphabetisierung! Die Jüngeren lernen so das Lesen und mit den Älteren bespreche ich kurze Abschnitte. Sogar ein Theaterstück haben wir schon gemacht!"

Krausewetter konnte noch zusätzliche Exemplare der Bibel, das einzige Buch, das stromauf, stromab in fast jeder Hütte vorhanden war, beschaffen. Gisela lud mich ein, doch mit eigenen Augen die Früchte ihrer Lehrtätigkeit zu sehen. So nahm ich denn eines Morgens das kleinste der Boote und schipperte zur Schule, aus der schon von Weitem Giselas Stimme zu hören war. Ich setzte mich auf ihre einladende Handbewegung hin in eine Ecke und sah zu wie die Knirpse, ich war in der Klasse der Jüngeren, mit der Bibel auf dem Schoss, den ersten Satz ihres Lebens buchstabierten. „Am Anfang war das Wort." Es dauerte eine Zeit bis die Klasse im Chor, Buchstabe für Buchstabe, diesen Satz endlich bis an sein Ende gebracht hatte. Dann hieß es: „Noch einmal!" und das ganze mühselige Buchstabieren begann von neuem. In der wohlverdienten Pause verabschiedete ich mich. Gisela, umringt von Kindern, winkte mir nach und ich ließ mich, ohne den Motor anzustellen, langsam bis zum Anleger zurücktreiben. Dort setzte ich mich, wie schon so oft, auf eine Planke und hörte noch für lange Zeit in meinem Kopf den Widerhall dieses in Kindermündern noch merkwürdiger klingenden Satzes: „Am Anfang war das Wort."

So wie mir diese Stelle aus dem Alten Testament, die ich, bevor alles anfing, schon öfter gehört hatte, ohne mir groß etwas dabei zu denken, jetzt fremd und rätselhaft vorkam, so erging es mir mit anderen Dingen. Der Rollstuhl, den Krausewetter irgendwo um Ufer des Amazonas erstanden hatte, war so ein Ding. Vielleicht war es dem Umstand geschuldet, dass seine Räder nur so lange eine Funktion hatten, wie man ihn über den hölzernen Landesteg schob und sich dann abrupt, sobald seine Räder an Land im Boden steckenblieben, aus einem Rollstuhl in einen Tragestuhl, eine Sänfte, wenn man so will, verwandelte. Es mag sein, dass ein plötzlicher Funktionsverlust jedes zuvor nützliche Objekt zu etwas Überflüssigem, Sinnwidrigem, ja, manchmal sogar Lächerlichem werden lässt. Das alles zog durch meinen Kopf, während ich auf dem Steg saß, den Sänfteträgern hinterhersah und dachte, dass ich Deutschland vielleicht nie wieder sehen würde. War es das? War ich wie der Rollstuhl, der außerhalb der Welt von spiegelglatten Rollflächen, für die er geschaffen wurde, sinnlos war? Selbst dieser Name, den sie unserer Flüchtlingssiedlung gegeben hatten, klang wie eine Ironie. Nova Germania, das hätte selbst in Deutschland lächerlich geklungen, wäre sicherlich, dort wie hier, aus dem Rahmen gefallen, Und das waren wir buchstäblich alle, aus dem Rahmen gefallen. Erik, der Maurer, der versuchte im Schatten der Urwaldriesen Essbares anzubauen, Gisela, die Lehrerin, die Kindern das Buchstabieren der Bibel beibrachte, Novak, der Ministerialbeamte, der versuchte, nachts in einsamen Stunden, seine Regierung zu erreichen, obwohl er wusste, dass Berlin nicht antworten würde.

War ich bisher stets den Anweisungen Eriks gefolgt und hatte auch Gisela, weil älter und berufserfahren, als die mir überlegene eingeschätzt, begann ich mir langsam, doch mit stetig zunehmender Intensität, meine eigenen Gedanken zu machen. Selbst Novak, der dieses alles hier vor Jahren als agroforstwirtschaftliches Projekt auf dem Reißbrett entwickelt hatte, kam mir, angesichts der ihm entglittenen Realität, hilflos vor. Seine spät in der Nacht und manchmal noch, wegen der Zeitverschiebung, wie er sagte, am frühen Morgen stattfindenden Versuche mit Berlin zu sprechen, waren einfach töricht.

Eines also hatte ich ihnen voraus, ich wusste, dass wir hier keine Zukunft hatten, und dass es nicht mehr lange so weitergehen konnte. Nur Krausewetter schloss ich aus dieser meiner Einschätzung aus. Dieser Mensch hatte aus dem Niedergang der anderen ein Geschäftsmodell gemacht, das zu funktionieren schien. Nach und nach eignete er sich das Kapital, das die Siedler mitbrachten, an, sei es, indem er ihnen eine

Parzelle verkaufte, die ihm nicht gehörte, sei es, dass er den Deutschen das noch verbliebene Ersparte abluchste, indem er ihnen überteuerte Lebensmittel und Gebrauchsgüter andrehte. Selbst unsere Barschaften, die mir Erik und Gisela zur Obhut gegeben hatten, weil es im Gästehaus einfach sicherer war, waren dahingeschmolzen und es war abzusehen, dass wir bald nur noch einige Schmuckstücke hatten. Und ein Brillantring war hier, fast hätte ich gelacht, noch weniger wert als ein Rollstuhl.

Um wen ich mir ernsthaft Sorgen zu machen begann, war Novak. Er war gestern um drei Uhr nachts mit Hilfe einer Leiter auf das Dach des Gästehauses geklettert, um von dort aus, wieder einmal, mit Berlin zu sprechen. Ich war von seinem wiederholten „Hallo! Hallo! Hier ist Novak! Ist da das BMZ!" wach geworden, weil er mit seinem Funkgerät genau über mir saß. Wie er mir erklärte, nachdem ich ihn mit einiger Mühe überzeugt hatte, vom Dach herunterzusteigen, würden seine Berliner Kollegen gerade in diesem Augenblick anfangen zu arbeiten und, wegen der Zeitverschiebung von fünf Stunden, sei er eben gezwungen, zu dieser frühen Stunde einen Funkspruch abzusetzen. Auf das Dach sei er geklettert, weil von da aus Sendung und Empfang besser seien, aber ein Baum, und er wies in Richtung der dunklen Schatten der vierzig Meter hohen Urwaldriesen, welche den Platz des Gästehauses begrenzten, sei wohl effizienter. Auf meinen Hinweis, dass er seit Monaten täglich versuche Berlin zu erreichen, und er doch so langsam kapieren müsse, dass Berlin nicht antworte, brach er, ich wollte es kaum glauben, in Tränen aus. Seine Anrufe wurden in den nächsten Tagen noch inbrünstiger. Die stete Wiederholung derselben Worte in einem beinahe flehenden Tonfall, ließen schließlich bei mir ein Licht aufgehen: Novak betete. Ja, diese in den Himmel gesandten, sich immer und immer wiederholenden Bitten um Anhörung erinnerten mich an die Pilger, die wir in Köln getroffen hatten und die, langsam auf dem Jakobusweg voranschreitend, mit derselben Inbrunst und im beinahe gleichlautenden Tonfall um Erhörung ihrer Bitten gebetet hatten. Vielleicht hatte einer der vielen Heiligen sie inzwischen erhört, ich wünschte es ihnen, aber Novak´s Funksprüche, da war ich mir sicher, verhallten ungehört irgendwo im All. Berlin antwortete nicht.

Hätte ich gewusst, wohin ich mich in diesem riesigen Land hätte wenden sollen, ich wäre sofort aufgebrochen. Aber Brasilien war grösser als alle europäischen Länder zusammengenommen. Die Entfernung von Oiapoque, ganz im Norden, bis in seinen äußersten Süden, entsprach der Luftlinie zwischen Lissabon und Moskau! Und, entgegen landläufiger Vorstellung, die West-Ost-Ausdehnung Brasiliens war sogar um noch einige Kilometer grösser. Also wohin? Und vor allem, wovon leben? Ich war zwar ratlos, fühlte aber, wie in mir die Idee Abschied zu nehmen, an Konturen gewann.

Was nun meinem Zögern endgültig den Garaus machte, war Gisela. Nicht, dass sie mich in meiner Absicht aufzubrechen bestärkt hätte, etwa, indem sie sagte: „Los, lass uns gehen, ich komme mit!" Nein, als ich, nur um nicht wieder den ganzen Tag am Steg zu sitzen, nach langer Zeit wieder einmal ihre Schule besuchte, sah ich es schon von Weitem. Sie war schwanger!

Es mussten, nach dem Umfang ihres Bauches, Monate gewesen sein, dass wir uns nicht mehr getroffen hatten. In der Tat war sie immer seltener im Gästehaus erschienen und hatte schließlich ihre Besuche ganz eingestellt. Und auch ich, enttäuscht durch ihr Ausbleiben, hatte immer weniger Grund, Gegenbesuche zu machen. So stand sie nun da, sah zu mir herüber und lächelte. Wäre ich mir selbst nicht kindisch vorgekommen, ich hätte mich gleich umgedreht und wäre auf und davon. So aber, als wäre es die natürlichste Sache der Welt, lächelte auch ich und fragte: „Wie geht es dir?"

Es war nun nicht das eingetreten, was vorauszusehen war, nämlich dass sie und Erik endlich auch öffentlich zu ihrer Beziehung stünden, dessen Frucht, so meinte ich, nun buchstäblich vor meinen Augen stand. Nein, dieses sagte sie mir gleich als erstes: „Erik ist nicht der Vater." Sie hatte, das erzählte sie mir ohne Umschweife, ein Verhältnis mit einem der Caboclos angefangen und sei gleich schwanger geworden. Aus der Beziehung sei dann aber nichts geworden. Sie sei es gewohnt, alles allein zu machen und wenn sie jemanden bräuchte, gäbe es die Mütter ihrer Schüler, die sehr hilfsbereit wären und Erik. Ja, Erik, der sei auch noch da. Mich selbst hatte sie wohl als Unterstützung gar nicht erst in Erwägung gezogen. Ich sagte noch ein paar sinnlose Worte und, wenn ich mich recht erinnere, beglückwünschte ich sie sogar zu ihrer Schwangerschaft. Dann ging ich eilig zum Boot zurück.

Hatte ich in den letzten Wochen und Monaten das Gefühl, dass die Zeit dahinkroch wie der Fluss vor mir, dessen Wassermassen sich so träge vorwärtsschoben, dass er unverändert auf der Stelle zu stehen schien, so änderte sich jetzt mit einem Schlage alles. Ich kam gerade noch vor dem unvermittelt einsetzenden, nachmittäglichen Regen im Gästehaus an, als dieser auch schon auf das Vordach trommelte. Um ihm zu entgehen hatte ich einen Sprint eingelegt, sobald ich den Steg erreichte. Jetzt saß ich außer Atem im Sessel und blickte durch die Gardine aus Regen, die sich vor die Veranda gehängt hatte. Vielleicht waren es auch meine mit Tränen gefüllten Augen, die mir die Sicht verschleierten. Ich war ganz benommen von der Gewissheit, endlich zu Verstande gekommen zu sein. Auf was hatte ich bloß die ganze Zeit gewartet? Auf Gisela? Auf eine Entscheidung von Erik? Eines war mir jetzt, während der Regen alles zu ertränken schien, sonnenklar: ich wollte hier weg und zwar sofort.

Noch in der Nacht teilte ich das, was von unserem Schmuck übriggeblieben war, in, was die Anzahl der Stücke anging, drei gleiche Teile, legte die paar übriggebliebenen Geldscheine dazu und bat Novak am nächsten Morgen, die zwei Päckchen, die für Erik und Gisela bestimmt waren, diesen so bald wie möglich auszuhändigen. Novak begann, als er hörte, dass ich noch heute abreisen wollte, lebhaft zu protestieren. Ich könne doch nicht einfach abreisen, so mir nichts dir nichts abreisen! Was denn aus ihm werden solle, ohne mich! Der Krausewetter würde ihn fertigmachen, ihn aus dem Gästehaus vertreiben und irgendwo im Wald aussetzen! Und so weiter und so weiter. Ich hörte mir das eine Weile an und, schon mit meinem Gepäck an der Hand, machte ein paar Schritte auf den Anleger zu. Jetzt drehte Novak völlig durch, er griff meinen freien Arm und flehte mich an, doch da zu bleiben, er würde auch nicht mehr Berlin anfunken, wenn mich das störe, überhaupt würde er alles für mich tun, ich bräuchte nur zu sagen was. Mir wurde das Ganze langsam zu bunt und, ich gestehe, auch ziemlich peinlich. Wie konnte ein erwachsener Mann sich nur so gehen lassen!

„Dann pack deine Sachen und komm mit!" Es war das erste Mal, dass ich Novak duzte und nicht, weil wir gerade Freundschaft geschlossen hatten, sondern um ihn da abzuholen, wo er war und um ihn da hinzubeordern, wo er von nun an sein würde. Entweder er folgte meinen Beschlüssen oder er konnte da bleiben, wo er war. Das sagte ich ihm, während er hastig seine Sachen zusammenkramte, direkt ins Gesicht.

„Und das Funkgerät bleibt da!"

Er nickte. So saßen wir bald im Boot, dass ich nach einer riskanten Wende, die Novak einen Schreckensruf ausstoßen ließ, flussaufwärts steuerte. Novak saß nun wortlos zwischen unserem Gepäck und einigen Benzinkanistern, die ich aus Krausewetters Beständen abgezweigt hatte. Mein Colt steckte wie früher hinter meinem Gürtel. Da Novak als Überbringer der Wertgegenstände ausgefallen war, hatte ich auch Giselas und Eriks Anteile immer noch bei mir. Irgendwann, so vertrieb ich meine Skrupel, würde ich sie ihnen zukommen lassen. Jetzt wollte ich keine Zeit mehr verlieren, denn die Sonne hatte schon eine bedenkliche Höhe erreicht. In Santarém, so hatte ich gehört, sollte es eine Straße in den Süden geben.

Was war nur aus Novak geworden. Er der gutbezahlte Projektemacher aus dem BMZ, selbstbewusst, informiert und redegewandt, saß vor mir zwischen den Kanistern und blickte auf seine Schuhe, die vom ins Boot geschwapptem Wasser bereits völlig durchnässt waren. Er blickte nur auf, wenn unser Boot unerwartet eine Welle erwischte und ein Sprühregen über den

Bug fegte. Das geschah besonders dann, wenn eine dieser riesigen Fähren, die beladene Lastkraftwagen transportierten, an uns vorbeizog. Ich warf ihm eine seitlich abgeflachte Dose hinüber, die man hin und wieder benutze, um das sich in der Bilge sammelnde Wasser abzuschöpfen. Er verstand nicht gleich. Erst als ich einige anschauliche Handbewegungen gemacht hatte, tat er wie geheißen. Wegen des lärmenden Motors war kein Gespräch möglich, und so fuhren wir dahin, ein jeder mit sich selbst beschäftigt.

Nach zwei Stunden war der Tank des Außenborders leer und wir mussten nachfüllen. Ich genoss es, für ein paar Minuten von dem unsäglichen Geknatter befreit zu sein und setzte mich ins Bug, um das Boot mit einem Ersatzruder in der Strömung zu halten, während Novak nachtankte. Am späten Nachmittag machten wir das Ganze noch einmal und es war abzusehen, dass irgendwann am nächsten Tag unser Treibstoffvorrat aufgebraucht sein würde. Während Novak mit dem Nachfüllen beschäftigt war, beobachtete ich, einen Punkt am Ufer fixierend, wie sich unser Gefährt kaum merklich zurückbewegte. Dann, als der Aussenborder wieder angesprungen war, zog erneut die immer gleiche Uferkulisse an uns vorbei. Morgen würde ich in gewissen Abständen irgendwo anhalten und den Motor abstellen, das würde uns hin und wieder von diesem nervtötenden Lärm befreien. Doch zunächst hatte ich andere Sorgen. Die Sonne würde bald untergehen und wir mussten irgendwo festmachen. Nachts in einem offenen Boot auf dem Amazonas zu navigieren, das traute ich mir nun doch nicht zu. Wo anlegen? Ich fuhr schon eine Zeit dicht am Ufer entlang und hatte dazu die Geschwindigkeit erheblich gedrosselt, denn immer wieder lagen Baumstämme im Wasser, auf die ich jederzeit hätte auffahren können. Da! Endlich kam ein kleiner Steg in Sicht, der zu zwei, drei Häuschen am Ufer führte, vor denen einige Menschen saßen. Ich legte bei und winkte den Kindern zu, welche auf den Anleger gelaufen waren. Freudig erwiderten sie meinen Gruß und riefen etwas, was ich nicht verstand. Am Abend, als wir mit den Leuten um ein Holzkohlefeuerchen saßen, auf dem einige Fische brutzelten, stellten wir fest, dass einige, genau wie wir, das Portugiesische nur unvollkommen beherrschten und deshalb kuriose Missverständnisse mit viel Gelächter überbrückten. Sie sprachen unter sich eine Sprache, die ich nicht hätte identifizieren können, wenn mir Novak nicht am nächsten Tag, als wir schon wieder im Boot saßen, gesagt hätte, dass sie eine Indiosprache aus der Familie der Mundurukus gesprochen hätten. Einige Worte hätte er wohl verstehen können. Ehrlich gesagt hatte ich mir Indios anders vorgestellt. Die von gestern waren gekleidet wie die Caboclos aus Nova Germania, waren weder geschminkt noch hatten sie irgendwelche Federn im Haar. Novak lachte, „Ja," sagte er, und ich merkte, dass er versuchte nicht wieder als Besserwisser zu erscheinen, „ich hatte mir Indios auch anders vorgestellt, aber ich habe einige Semester Ethno-Biologie studiert und da habe ich einiges aufgeschnappt, was hier nützlich ist." Er machte eine Pause, während der er in meinem Gesicht etwas zu suchen schien und fügte hinzu: „Oder auch nicht."

So fuhren wir dahin, füllten noch einige Male den Tank nach und hofften, dass bald Santarém in Sicht käme. Doch bis zum Einbruch der Dämmerung begleiteten uns diese dunkelgrünen Uferstreifen, die zur rechten Seite hin manchmal völlig in der Ferne verschwanden, was den Eindruck machte, als ob wir zeitweise über einen See fahren würden. Manchmal sahen wir einige Holzhäuschen zur linken Hand, und einen dieser hochbeinigen Stege. Das eine oder andere Boot zog mit der Strömung eilig an uns vorbei und ich hielt mich immer ängstlicher an die linke Seite, mittlerweile nach einer Stelle Ausschau haltend, wo wir eine weitere Nacht verbringen konnten. Schließlich war es so dunkel, dass wir gezwungen war da zu bleiben, wo wir gerade waren. Wir vertäuten das Boot an einem in den Fluss gestürzten Baum und saßen frierend in unserem Kahn, der zuweilen bedenklich schwankte. Es musste ganz in der Nähe Schiffsverkehr geben, von dem man aber nichts sehen konnte. Nur einmal ertönte irgendwo in der Nacht das tiefe Horn eines Schiffes. Ob ich geschlafen hatte, konnte ich, als endlich die Sonne aufging, beim besten Willen nicht sagen. Novak saß immer noch in derselben Position vor mir, wie gestern Abend, als ich ihn im Zwielicht das letzte Mal gesehen hatte. Er hatte die Augen geöffnet und versuchte zu lächeln, was ihm gründlich misslang. „Guten Morgen!" sagte ich. „Guten Morgen!" antwortete er und deutete auf die leeren Kanister. Wortlos ließ ich den Motor an, während er das Boot losmachte. Der Fluss machte bald eine sanfte Biegung, hinter der, freundlich und friedlich von der aufgehenden Sonne beschienen, die Silhouette von Santarém auftauchte.

10. Allein unter Deutschen

Ich saß da in der hintersten Kirchenbank und fröstelte. Das Klima war hier ganz anders als oben in Santarém, fast so wie zuhause. Nie zuvor war ich in einer Kirche der Lutheraner, aber da hatten sie mich hineingeschoben, denn es gehörte zum Eröffnungsritual des Gemeindefests dort eine Messe zu feiern. Keiner, tatsächlich keiner, war im Festzelt geblieben, als das Glöckchen bimmelte. Darauf waren sie besonders stolz, irgendjemand hatte es vor hundertfünfzig Jahren mitgebracht und oben im Dach aufgehängt, in das eigens zu diesem Zwecke eine Art Türmchen gebaut worden war, aus dem, weil nach unten hin offen, ein Seil hing, das bis auf den Boden in der Eingangshalle reichte.

Der Pastor sagte einige Sätze auf Portugiesisch, deren Inhalt er auf Deutsch wiederholte. Immer dann, wenn er, nach einer weiteren portugiesischen Passage, ins Deutsche verfiel, ließ er seinen Blick über die versammelte Gemeinde schweifen und sah auch mich kurz an. Kann man sich gleichzeitig beobachtet und eingeladen fühlen? So ging es mir. Ich saß auf der harten Bank und hoffte insgeheim, dass diese Versammlung bald ein Ende hätte. Ich riskierte einen Blick zur Seite direkt in das kopftuchumrahmte Gesicht einer Frau, die mich offen ansah und, ohne die Stimme zu dämpfen, sagte: „Sie sind Deutscher, nicht wahr?" Fast gleichzeitig hatte der Pastor einige Schritte auf den seitlich postierten Organisten zugemacht und ihm ein Handzeichen gegeben. Mein verschämtes „Ja" ging in den ersten Klängen des Harmoniums unter, in das die vielköpfige Gemeinde, es mochten an die zweihundert Menschen gewesen sein, mächtig einstimmte. „Immer fröhlich! Immer fröhlich!" Sie sangen auf Deutsch! Alle sangen aus voller Kehle auf Deutsch! Die Frau neben mir stieß mich an. „Mitsingen! Singen Sie mit!" Ich bewegte die Lippen, aber kein Ton kam aus meiner zugeschnürten Kehle. „Immer fröhlich! Immer fröhlich!" Plötzlich begann die Reihe vor mir zu schwanken. Das ganze Kirchenschiff rutschte einmal nach links, dann nach rechts und wieder nach links. Die Frau neben mir hakte sich bei mir unter und zog mich mit. „Immer fröhlich! Immer fröhlich!" Sie schunkelten. Ich schunkelte. Ich erinnerte mich an dieses Wort, das wie ein fremdes Tier der Tiefsee aus meiner Erinnerung aufgestiegen war. Schunkeln. Da ließ sie mich auch schon los, denn der Pastor las eine Stelle aus der Bibel vor, die, so versicherte er, gut zum heutigen Ereignis passe. Er hatte die portugiesische Sprache ganz beiseitegelassen und sprach jetzt ungeniert Deutsch. Von einem Gastmahl war die Rede und von Gästen, die nicht gekommen waren, obwohl sie eingeladen worden wären, so dass der Hausherr schließlich die Bettler auf der Straße zum Fest gebeten hätte. Ich meinte, einen leichten

Ellenbogenstoß in meiner Seite zu spüren. War das auf mich gemünzt? Doch ehe ich mich besann, ertönte wieder das Harmonium und, auf vielfachen Wunsch, wie der Pastor betonte, sang man nun ein Lied aus der Heimat. Er hatte tatsächlich Heimat gesagt. Um nicht aufzufallen, bewegte ich weiterhin die Lippen. Manchmal brachte ich jetzt sogar ein Wort heraus. Irgendwann wurde ich hinausgeschoben und fand mich an einem der langen Holztische im Festzelt wieder. Jemand hatte mich etwas gefragt und ich musste wohl „Ja" gesagt haben, denn bald stand ein Teller mit einem riesigen Eisbein vor mir. Wann wir angefangen hatten, Bier zu trinken? Es muss wohl in diesem Moment gewesen sein. Aber wann wir damit aufhörten, kann ich beim besten Willen nicht sagen.

Sie behandelten mich, als ob ich immer schon dazugehört hätte. Es hatte ausgereicht, dass ich die Frage „Bist Du deutsch?" mit „Ja" beantwortet hatte. Dass ich katholisch getauft war, wusste keiner. Aber hätte es diesen germanischen Lutheranern wirklich etwas ausgemacht? Unterhalb aller Ansichten und Glaubensrichtungen gab es ein gemeinsames Band, dass in Jahrtausenden um unsere Körper und Seelen gewunden worden war, dem sie blind vertrauten. Weiß nicht auch eine Schwalbe, dass sie eine Schwalbe ist und kommt gar nicht auf die Idee, mit Möwen durch die Luft zu segeln? Zieht sie nicht mit tausenden ihresgleichen zum Ende des Sommers fort in den Süden, so als ob es das Selbstverständlichste auf der Welt sei? Bleiben diese eleganten Flieger während ihrer Reise nicht stets beieinander, trennen sich dann zeitweise, um paarweise der Aufzucht der nächsten Generation nachzugehen und versammeln sich dann nach getaner Tat, wie auf ein geheimes Kommando hin, um gemeinsam den Rückflug anzutreten? So ähnlich mussten diese Deutschen, deren Vorfahren vor hundertfünfzig Jahren im unwirtlichen Landesinnern Südbrasiliens ausgesetzt worden waren, empfinden. Ich bekämpfte meine Scham, dieses Gefühl nicht erwidern zu können, mit einem beschleunigten Bierkonsum. Das wiederum nahmen sie als zusätzlichen Beweis meiner Zugehörigkeit zu einem Volk, das selbst in der Fremde seine biertrinkenden und eisbeinessenden Gewohnheiten nicht aufgegeben hatte und prosteten mir mit erhobenen Gläsern zu.

Sie lebten hauptsächlich von der Erdbeerzucht, die sie in unzähligen, sorgsam in die zerklüftete Landschaft eingefügten Gewächshäusern anbauten. Es war gerade wieder einmal Erntezeit und so fiel meine Ankunft mit derjenigen anderer Wanderarbeiter zusammen, die sich für ein paar Wochen hier ein Zubrot verdienten. Jeweils zwei oder drei waren bei Familien untergebracht, denen sie in den Gewächshäusern halfen. Das Gemeindefest fiel genau in die Zeit der Erdbeerernte und war wohl auch ein Anlass alte

Freundschaften aufleben zu lassen. Ich, anscheinend der einzige Neuling in der Runde, wurde überall vorgestellt und unter Schulterklopfen an die Nachbarn weitergereicht, die sich alle lebhaft für mich interessierten. Ich weiß nicht, was ich auf die vielen Fragen hin alles geantwortet habe. Immer wieder fragten sie, wie es denn in Deutschland aussähe und wie ich es denn geschafft hätte, bis zu ihnen durchzukommen. Einige Geschichten, vor allem die von unserer Flucht über den Ozean, musste ich wohl mehrfach erzählt haben, denn, wenn ich irgendwann einmal stockte und mich in dem Gewirr von Erinnerungen nicht mehr zurechtfand, bekam ich unverhofft Unterstützung von irgendjemandem aus der Zuhörerschaft, der schon das nächste Kapitel meiner abenteuerlichen Reise kannte.

Auch beim Erdbeerpflücken am nächsten Tag ließen sie mir keine Ruhe, obwohl ich mehrmals nach draußen stürzte und mich hinter einem Stapel von ausrangierten Holzkisten übergab. Sie meinten augenzwinkernd, das läge wohl am vielen Bier, denn ich hätte gestern doch kräftig zugeschlagen. Ich aber wusste, dem widerlichen Geschmack nach zu urteilen, der sich auf meine Zunge gelegt hatte, dass es das Eisbein war, welches, wenn ich mich auch nur eine Sekunde daran erinnerte, eine Welle von Übelkeit in mir aufsteigen ließ. Warum mir ausgerechnet jetzt Camci einfiel, weiß der Himmel, aber der Geruch des halbverdauten Eisbeins erinnerte mich fatal an den Odem, der aus dem Förderschacht des Bergwerks aufstieg, als ich ihn, sorgfältig in einem Leichensack verpackt, in die Tiefe gleiten ließ.

Vielleicht waren es auch die Erdbeeren, die mich, weil sie so ganz anders waren als alles, was ich gesehen und erlebt hatte, seit der Doktor mich mit in das Bergwerk genommen hatte, welche meinen Verstand durcheinanderbrachten. Ich sah deutlich, wie meine kindlichen Finger sie ergriffen und, überreif wie sie waren, zerdrückten, bis ihr süßer Saft an meinem Ärmchen herunterlief. Es muss im Garten meiner Tante gewesen sein, der gleich neben ihrem Fachwerkhaus lag, auf dessen Querbalken über der riesigen Deelentür stand: „Gott beschütze dieses Haus und alle die gehen ein und aus!" Ein in der Tat frommer Wunsch, dessen Erfüllung ich in allem, was ich damals mit Kinderaugen sah und in meinem Herzen fühlte, verwirklicht sah.

So füllten wir Kiste um Kiste, bis das Kirchenglöckchen das Ende des Arbeitstages verkündete. Meine Kollegen schlossen das Gewächshaus, in dem wir zuletzt gearbeitet hatten und machten sich auf den Weg zurück ins Wohnhaus, wo ein Abendessen auf uns wartete. Ich ließ sie vorangehen und setzte mich etwas abseits. Am liebsten hätte ich mich gezwickt, um zu wissen, ob dies denn alles real sei. Es war mir, als wäre ich im Kreis gelaufen, alles war mir so vertraut, so selbstverständlich. Es fehlte nur noch, dass meine Mutter im nächsten Augenblick hinter dem Fliederstrauch hervorkam und mich mit einer Umarmung begrüßte. „Wo warst Du denn so lange?" würde sie sagen und ich wüsste nicht, was ich antworten sollte vor Glück. Doch kaum hatte ich meine Mutter so deutlich vor mir gesehen, zerstob das liebliche Bild und ich saß immer noch auf einem Stapel Erdbeerkisten, weit, weit weg von zuhause. Es war also doch kein Kreis, auf dem ich gelaufen war. Oder, wenn es einer war, dann war er so groß, dass er mir wie eine Gerade erschien, die immer weiter von dem wegführte, was einmal meine Heimat gewesen war. Oder, so versuchte ich mich zu trösten, war es eine Spirale, auf der ich mich zwar immer weiter von meinem Ausgangspunkt entfernte, aber auch immer wieder in die Nähe dessen kam, der ich einmal gewesen war. Meine Übelkeit war verflogen, ich klopfte meine Kleider aus und machte mich auf den Weg zum Haus. Dort sah ich schon von Weitem eine Frau im Türrahmen stehen, es war dieselbe, die mich in der Kirche angesprochen hatte.

Sie hieß Gertrud und war die Schwester des Besitzers der Erdbeerplantage. Schon gestern war ich mehrmals nach Webersdorf gefragt worden, ob ich den Ort kenne und wenn ja, wie es den Leuten dort ginge. Auch jetzt, nachdem Frau Gertrud mir einen Platz am Tisch in der Küche zugewiesen und mir einen Teller mit schwarzen Bohnen serviert hatte, wurde ich wieder darauf angesprochen. Auf meine Rückfragen hin stellte sich heraus, dass es sich um ein Dorf, vielleicht sogar ein Städtchen, irgendwo im Thüringischen handeln musste, aus dem ihre Vorfahren stammten. Ich hatte noch nie von einem solchen Ort gehört, was ich, als ich die enttäuschten Gesichter sah, damit rechtfertigte, dass ich noch nie in Thüringen gewesen und überhaupt bisher kaum aus meiner Heimatstadt herausgekommen sei. Ganz Deutschland, so schien es mir, schien sich für diese Leute auf dieses winzige Webersdorf zu beschränken, von dem sie mir, kaum waren die Teller abgeräumt, sogar ein Bild zeigten. Für sie war dieses ein Foto, aber es handelte sich um die vergilbte Kopie einer Ansicht der Silhouette von Webersdorf, die Kopie einer Zeichnung oder vielleicht sogar eines Kupferstichs, wie wir ihn auch von anderen Orten Deutschlands kennen. Auch, und dieses Mal handelte es sich in der Tat um kürzlich aufgenommene Fotos, reichte man einige Bilder herum, auf denen verschiedene Grabsteine und das Eingangstor zum Friedhof von Webersdorf zu sehen waren. Doch wie sollte ich mich an etwas erinnern, was ich nie gesehen hatte? Ich bedauerte, den Anwesenden nicht mehr über ihre Heimat erzählen zu können. Sie nannten tatsächlich dieses Webersdorf, aus dem ihre Vorfahren vor anderthalb Jahrhunderten dem Hunger entflohen waren, Heimat! Frau Gertrud, die neben mir Platz genommen hatte, als sich bald die Reihen am Küchentisch zu lichten begannen, erklärte mir, dass sie vor einiger Zeit eine Delegation nach Webersdorf geschickt hätten, die, nachdem sie gleich bei ihrer Ankunft die Fotos vom Friedhof gemacht und ihnen zugeschickt hatten, kein Lebenszeichen mehr von sich gegeben hätte. Dabei wären die gemeißelten Grabsteine doch Zeuge, dass sie tatsächlich von dort abstammten. Fast alle Nachnamen ihrer Nachbarn, seien dort vertreten gewesen. Die Fotos der Gräber würden es eindeutig belegen. Aber, wie gesagt, die dreiköpfige Delegation, bestehend aus ihrem einzigen Lehrer, dem Gastwirt und seiner Ehefrau, wäre seitdem verschollen und man mache sich Sorgen, denn man hätte sogar das deutsche Konsulat in Blumenau eingeschaltet, das, kurz bevor es seinen Betrieb eingestellt hätte, ihnen schriftlich mitgeteilt habe, dass Berlin auf ihre Nachfragen nicht antworte.

In den nächsten Tagen half ich weiter in den Gewächshäusern bei der Erdbeerernte. Ein Tag folgte dem anderen, während wir Kiste um Kiste füllten. Am späten Nachmittag wurden diese stets von einem Lastwagen abgeholt. Der Aufkäufer! Über ihn beschwerten sich alle. Er würde zu wenig zahlen und selbst horrende Gewinne machen. Manchmal stimmte jemand, nach einigen mürrisch verbrachten Schweigeminuten, ein Lied an, sie sangen auf Deutsch, aber ich muss gestehen, dass ich die meisten ihrer Lieder nicht kannte. Vielleicht, weil sie nur in ihrer alten Heimat bekannt waren, vielleicht aber auch, weil die Erinnerungskette irgendwann in den letzten hundertfünfzig Jahren abgerissen war und diese Lieder nie bis zu mir vorgedrungen waren. Ich summte mit und versuchte die Kluft zu überbrücken, welche die Zeit zwischen uns aufgerissen hatte. Doch immer öfter, wenn sich ein Lied wiederholte, fiel ich, zur Freude meiner neuen Freunde, in den Refrain ein, während ich emsig nach den Erdbeeren meiner Kindheit griff.

Die Erntezeit ging ihrem Ende zu und ich begann mich zu fragen, wie ich weiterhin meinen Aufenthalt bei den gastfreundlichen Erdbeerpflückern rechtfertigen könne. Doch bevor ich selbst das Thema ansprechen konnte, zog mich Frau Gertrud beiseite. „Wollen Sie nicht," so sagte sie „solange der Lehrer nicht da ist, seinen Unterricht übernehmen?" Wäre ich nicht darauf angewiesen gewesen, irgendwie für meine Unterkunft und Verpflegung zu sorgen, ich hätte wohl gelacht und gesagt, aber ich bin doch kein Lehrer. So aber dankte ich für das Angebot und fragte, wo denn die Schule sei, denn eine solche hätte ich bisher noch nicht gesehen. Jetzt war es an Frau Gertrud zu lachen. „Die Kirche," sagte sie, „die Kirche ist unsere Schule und eine Bibliothek haben wir auch."

Wie ich aus dem sich anschließenden Gespräch erfuhr, hatte der Mann, den sie Lehrer nannten, wohl auch keinerlei pädagogische Ausbildung, da er aber der einzige im Ort gewesen sei, der gerne las und sogar ein paar Bücher besessen habe, eben die, die jetzt in der Bibliothek stünden, sei er halbtags von der Feldarbeit befreit und im Schuldienst eingesetzt worden. „Und welche Fächer hat er unterrichtet?" traute ich mich zu frage. „Alle," meinte Frau Gertrud. "Das heißt: Deutsch, Geschichte, Heimatkunde, Rechnen und Religion." Mein anfänglicher Mut hatte mich jetzt vollends verlassen. „Aber das kann ich doch nicht!"

„Wieso nicht?" fragte Frau Gertrud und es war klar, dass sie diese Frage für sich schon beantwortet hatte.

„Deutsch sprechen Sie besser als unser alter Lehrer. Rechnen können Sie und die jüngere Geschichte kennen Sie besser als wir alle zusammen. Bleiben nur noch die Heimatkunde und die Religion." Aber auch dafür hatte Frau Gertrud schon eine Lösung.

„Religion übernimmt der Pastor und Heimatkunde teilen wir uns. Ich mache den Teil, was Brasilien angeht, und Sie übernehmen Thüringen."

„Aber ich bin aus Westfalen," konnte ich noch einwenden, aber für Frau Gertrud war auch das kein Problem.

„Dann weiten wir das Fach eben aus, machen Sie es allgemeiner, dann passt das."

Von diesem Moment an hieß das Fach „Heimatkunde" schlicht „Deutsche Heimat", was mich von einem Problem, meine Unkenntnis was Thüringen und Webersdorf anging, befreite, mir aber ein anderes aufbürdete.

In den letzten Tagen bis zum Ende der Ernte verbrachte ich meine freie Zeit nach dem Abendbrot in der Bibliothek. Als ich das erste Mal in der Sakristei vor ihr stand, fragte ich Frau Gertrud, die mich bis dorthin begleitet hatte, wo sie denn wäre. Sie zeigte auf zwei Regalbretter, die an der Seitenwand der Sakristei angebracht waren und sagte: „Da!" Unter anderen Umständen hätte ich wahrscheinlich gelacht, aber stattdessen sagte ich: „Und da ist die Tafel." In der Tat war alles, was man zum Unterricht brauchte, vorhanden, selbst eine fahrbare Tafel, mit angehängtem Körbchen für Schwamm und Wischlappen. Einige zerbrochene Kreidestücke lagen in der hölzernen Ablage, welche die Tafel auf ganzer Länge begleitete. „Einen Zeigestock haben wir nicht," sagte Frau Gertrud, aber den könne ich mir sicherlich selbst besorgen, Büsche, die ausgezeichnete elastische Ruten abgäben, stünden gleich hinter dem Friedhof. Ich bedankte mich und sah mir die Bibliothek genauer an.

Neben einer stattlichen Anzahl von Gesangbüchern, die säuberlich aufgereiht fast das ganze untere Brett einnahmen, standen auf dem oberen einige dicke Wälzer, die ich einen nach dem anderen in die Hand nahm, in der Hoffnung dort irgendeine Hilfestellung für meine zukünftigen Unterrichtstunden zu ergattern. Wie gerne hätte ich jetzt bei Gisela Rat geholt! Was sie wohl machte? Ob sie immer noch in Nova Germania war? Und Erik, hatte der mehr Glück als die anderen? Selbst Novak, der in Santarém geblieben war, wäre jetzt eine Hilfe gewesen. Ratlos und fast ein bisschen wehmütig blickte ich auf das Buch in meinen Händen. Es war eine uralte Ausgabe von Grimms Märchen. Ich schlug sie auf und brauchte eine Weile, bis ich die in Frakturschrift verfasste Inhaltsangabe entziffert hatte. Tatsächlich, da waren die Märchen, welche mir meine Mutter, zumeist abends vor dem Schlafengehen, vorgelesen hatte und die ich jetzt, wo ich die vertrauten Titel vor mir sah, auch ohne Hilfe dieses Buches hätte erzählen können. Ich stellte es in das Regal zurück, neben die anderen Bücher, die ausnahmslos Texte enthielten, die in der ersten Hälfte des neunzehnten Jahrhunderts entstanden waren, darunter ein Sammelband mit Erzählungen, von denen ich zwei oder drei aus meinem eigenen Deutschunterricht kannte. Die ersten Siedler mussten diese Bücher wohl im Gepäck gehabt und dann späterhin der Kirchengemeinde überlassen haben. Über hundertfünfzig Jahre war das her. Damals gab es Deutschland noch gar nicht. Ich schüttelte den Kopf wegen dieses törichten Gedankens. Klar gab es Deutschland, aber eben nur als eine Gegend, in der Deutsch gesprochen wurde. Das Deutsche Reich, das die meisten deutschsprachigen Ländereien vereinigte, wurde erst gegründet, nachdem diese Siedler Thüringen und ihren Heimatort Webersdorf verlassen hatten. Was war in der Zwischenzeit nicht alles passiert! Zwei Weltkriege waren durch Deutschland gezogen, Mord und Totschlag gegen Andersgläubige, wahre Völkerwanderungen in der Folge von Flucht und Vertreibung, jahrzehntelange Besetzung durch ausländisches Militär, die Teilung, die Mauer in Berlin, der Fall der Mauer und dann jetzt dieser erneute Krieg, der seinen strahlenden Nebel über ganz Europa gelegt hatte.

Vor dem Fach Geschichte, das ich neben Deutsch und Mathematik ebenfalls unterrichten sollte, grauste es mir. Was hatten diese armen Auswanderer mit der Misere zu tun, die Deutschland im zwanzigsten Jahrhundert so dramatisch verändert hatte und in deren letztem Kapitel ich mit so vielen anderen geflohen war?

Der erste Schultag kam näher und ich hatte mir einige Märchen zurechtgelegt, die ich im Deutschunterricht vorlesen wollte. Den Mathematikunterricht würde ich später vorbereiten, denn ich konnte ja noch nicht wissen, was meine Schüler, die Frau Gertrud als einen gemischten Haufen bezeichnet hatte, auf diesem Gebiet für Kenntnisse hatten. Aber, selbst wenn ich wider Erwarten ein Mathematikgenie in der Klasse gehabt hätte, würde ich mich eh auf die Grundrechenarten beschränken müssen, denn meine eigenen Kenntnisse gingen in Mathematik kaum über diese hinaus. Das Fach Geschichte rutschte nach anfänglichen Überlegungen, die mir nur eine Magenverstimmung einbrachten und zu nichts führten, auf meiner Prioritätenliste ganz nach unten.

Die mir am ersten Schultag von Frau Gertrud in der Kirche, die tatsächlich als Klassenraum diente, vorgestellten Schüler waren in der Tat sehr unterschiedlich, was ihr Alter anbelangte. Ich stand, nach ein paar einleitenden Worten, vor ihnen und hatte keine bessere Idee als die zweiunddreißig Schüler in zwei Gruppen einzuteilen, so dass der Altersunterschied jeweils nicht ganz so dramatisch war. Die Kleinen und die Großen, so hießen fortan meine Schüler, wobei ich den Kleinen gleich am ersten Tag das Märchen vom Sterntaler vorlas und die Großen bat, den von mir vorgelesenen Text mitzuschreiben. Es sei ein Diktat, sagte ich ihnen, das ich nachher einsammeln und nachsehen würde. Ich gestehe, dass es am ersten Tag noch einige Schwierigkeiten technischer Art gab. So dauerte es, bis die Großen endlich ausreichend Schulhefte vor sich hatten, was einigermaßen Unruhe verursachte.

Doch vom zweiten Tag an funktionierte mein Schema immer besser. Während ich eines der Märchen vorlas, schrieben die Großen fleißig mit und händigten mir das Diktierte nach der Stunde bereitwillig aus. Der Pastor, den ich schnell von der Notwendigkeit täglichen Religionsunterrichtes überzeugen konnte, übernahm dann die nächste Unterrichtsstunde und ich erschien nach der reichlich bemessenen großen Pause, um Mathematik und Geschichte zu unterrichten. Einige Rechenaufgaben, in denen ich die Zahlen Eins bis Zwanzig auf verschiedenste Weise miteinander kombinierte, präsentierte ich den Kleinen und benutzte die Zahlen Eins bis Einhundert, um die Großen ihrem Alter gemäß zu fordern. Das funktionierte auch in den nächsten Tagen ohne bemerkenswerte Vorkommnisse, waren die Schüler doch wohl von meinem Vorgänger, dem von seiner Reise nach Berlin nicht zurückgekehrten Lehrer, Schwierigeres gewöhnt.

So vergingen die Tage. Den Schülern gefiel mein großzügiger Unterrichtsstil, der Pastor freute sich, über seine tägliche Religionsstunde und Frau Gertrud überbrachte mir schon nach der ersten Woche den Dank des ganzen Dorfes. Ich selbst, je mehr ich mich in die jahrhundertealten Märchen und dann in die Erzählungen vom Anfang des neunzehnten Jahrhunderts vertiefte, war immer weniger bei der Sache. Die mir unverhofft zugefallene Rolle als Lehrer, wurde mir, je perfekter ich diese, am Urteil der anderen gemessen, ausübte, immer selbstverständlicher.

Ich geriet dergestalt in den Sog dieser vor langer Zeit aufgeschriebenen Texte, dass ich langsam Ausdrucksweisen und Wörter übernahm, die vor hundertfünfzig oder zweihundert Jahren üblich, heute aber von kaum noch jemandem benutzt wurden. Ich selbst merkte nur beim erstmaligen Aussprechen eines dieser auch für mich ungewöhnlichen Wörter, dass sie eben dieses waren, ungewöhnlich. Sie waren im Laufe der Zeit durch andere ersetzt worden, bis sie dann ganz aus dem Gedächtnis verschwunden waren. Meine Vorlesestunden brachten diese wieder hervor, so als sei in der Zwischenzeit nichts gewesen. „Feinsliebchen", das war so ein Wort, aber auch „Taler", „Lindwurm", „Taugenichts" oder „Nachtgewand". Den Leuten im Dorf fiel mein verändertes Vokabular nicht weiter auf, waren sie doch weitgehend unbehelligt von den jüngsten Neuerungen der deutschen Sprache geblieben, insbesondere, was die Übernahme von Wörtern, zumal im technischen Bereich, aus dem Englischen anging. Der Pastor und Frau Gertrud lobten sogar mein umfangreiches Vokabular und mein ausgezeichnetes Deutsch. Sie sagten, dass es genau das wäre, was die Kinder bräuchten, nämlich Kontakt mit jemandem, der erst kürzlich Deutschland, mit dem ganzen Reichtum der Sprache ihrer Vorväter im Gepäck, verlassen hätte.

Nun, ich nahm dieses zur Kenntnis und hätte wohl widersprechen müssen, besann mich dann aber eines Besseren und schwieg. „Verlassen hatten sie Deutschland, bevor es entstand und ich, nachdem es entschwand." Selbst in, beim wiederholten Lesen mir selbst rätselhaft gewordenen, Sätzen wie diesem, die ich von nun an in mein Notizheft eintrug, spiegelte sich meine Lektüre. In diesem Falle der drei Bände deutscher Dichtung aus besagter Bibliothek, Lektüre, die mich unverhofft dazu verführte, alles und jedes zu reimen. Doch wusste ich meine Leidenschaft vor den Schülern zu zügeln, zum einen, weil ich mich nicht dem Gespött vorlauter Kinder und unreifer Jugendlicher aussetzen wollte, zum anderen, weil mir selbst meine spontanen Dichtübungen recht dilettantisch vorkamen. Trotzdem war mein Hang zu Poesie, vor allem der romantischen, dem der zweite Band der Deutschen Dichtung gewidmet war, dem Pastor nicht entgangen. Er mochte mich wohl bei geöffneter Kirchentür beim Deklamieren einer jener Balladen gehört haben, in dem die heißen Tränen fließen und dem Mägdelein vor Kummer schier das Herz zerspringen wollte. Wie dem auch immer sei, ich wurde fast wöchentlich zu irgendwelchen Jubiläen oder auch Geburtstagsfeiern eingeladen, wo ich, auf Wunsch, ein Gedicht aus dem frühen neunzehnten Jahrhundert oder einen zum Anlass passenden, selbstverfertigten Text vortrug.

Aus den Wochen waren bald Monate geworden und aus den Monaten Jahre. Des Lebens Wege hatten mich weit weggeführt, weit weg von dem Ort, wo ich einmal geboren und der in meiner Kindheit und Jugend meine Heimat gewesen war. Ich blickte manchmal mit Kopfschütteln auf mich selbst zurück und vor allem auf den unreifen Knaben, der ich dereinst gewesen war. Meine Gedanken schweiften zurück und eine gewisse Wehmut erfasste mich, wenn ich mich daran erinnerte, worauf diese Kolonie von Auswanderern so stolz war, Deutschland.

Die zuerst aus nur zwei Brettern bestehende Bibliothek, hatte ich um einige erweitern können. Ein Erdbeeraufkäufer fragte mich eines Tages, ob ich nicht an alten Büchern interessiert sei. Sein Großvater sei gestorben und hätte einige Kisten voll mit altem Papier hinterlassen. Keiner in seiner Familie spräche Deutsch, denn der besagte Großvater sei erst in den dreißiger Jahren, also kurz vor dem zweiten Weltkrieg nach Brasilien gekommen und hätte sich mit allen immer nur in einem holprigen Portugiesisch verständigt. Deshalb, der Erdbeeraufkäufer schien sich genötigt zu fühlen, mir das zu sagen, weil man seinen Inhalt sowieso nicht verstünde, hätte eben keiner für besagte Kisten mehr Platz. Schon bei der nächsten Leerfahrt – er kam immer unbeladen an und fuhr dann vollbepackt mit Erdbeerkisten wieder ab – brachte er das verstaubte Erbe seines Großvaters mit. Es war doch deutlich mehr als ich mir unter „einigen Kisten mit altem Papier" vorgestellt hatte. Bald stand eine ganze Batterie verstaubter Kartons in der Kirche und ich war tagelang damit beschäftigt, neue Bretter für das Regal in der Sakristei zu besorgen. Diese wurde mit jedem an ihren

Wänden angebrachten Brett einer Bibliothek, die zurecht diesen Namen verdiente, immer ähnlicher. Dem Pastor war diese weltliche Expansion auf kirchlichem Gelände nicht entgangen, was ihn, seinem Gesichtsausdruck nach zu urteilen, mit Sorge erfüllte und dann protestieren ließ, als ich mich anschickte, noch ein weiteres Regalbrett, direkt über der Tür, die zum Altarraum führte, anzubringen.

Wäre mir damals schon geläufig gewesen, was ich einige Jahre später wusste, auch aufgrund der Lektüre der gerade ausgepackten Bücher, so hätte ich ihm gesagt, dass die klösterlichen Bibliotheken, gemeinsam mit den ebenfalls unter kirchlicher Regie betriebenen Universitäten, jahrhundertelang das Gehirn des Abendlandes waren. Ich aber vermochte damals nur auf die Notwendigkeit ergänzender Literatur für unseren Geschichts- und vor allem Deutschunterricht hinzuweisen und machte dazu ein Gesicht, als ob, im Falle der Verbannung meiner Bücher aus der Sakristei, die Welt unterginge. Kurz und gut, er ließ mich gewähren, und ich hatte nun meterweise Lesestoff, dem ich mich nach den morgendlichen Schulstunden eifrig widmete und der mir, das muss ich so sagen, nach und nach die Augen öffnete.

Das, was mich am meisten beeindruckte, war die Erkenntnis, dass ich vieles verloren hatte, ohne es je wirklich besessen zu haben. Als der Doktor mich mit in den Bunker zerrte, war ich offenbar in einer Art Schockzustand, denn ich empfand die Situation, in die ich so unvermittelt geworfen wurde, als völlig normal. Zumindest erinnere ich mich nicht, gegen meine wochenlange Arbeit als Sanitäter irgendwann aufbegehrt zu haben.

Doch ich musste schon vorher, also vor dem Knall, von einer Passivität befallen gewesen sein, die mich die über den Bildschirm flimmernden Nachrichten hinnehmen ließ, ohne mir auch nur im Geringsten über deren Entsprechung in der Wirklichkeit klarzuwerden. Nachrichten, Talkshows, Netflix-Serien und selbst meine Computerspiele, die über denselben Bildschirm flackerten, auf dem kurz zuvor von erneut wachsenden Spannungen in der Ukraine berichtet worden war, waren zu einer Einheit verschmolzen, in der ein wirklicher Schuss, eine reale Explosion gleich vor meiner Haustür, keinen Platz mehr hatte. Die Fiktion hatte die Wirklichkeit auf dergestalt radikale Weise vertrieben, dass es wohl auch umgekehrt gewesen sein musste, denn als ich im Bunker Herrn Camci in den Leichensack packte und ihn dann in die Tiefe fallen ließ, war mir, als sei dies Teil eines Computerspiels. Das konnte doch nicht real sein! Das war eine Fiktion, eine perfekt gemachte Illusion, durch die ich wandelte als hätte ich einen 3d-Helm auf dem Kopf, der mir vorgaukelte, dass das, was ich gerade sah, tatsächlich existierte. Ich glaube, erst als die Schneefalter an mir vorbeitorkelten und im Flug ihre Flügel verloren, bekam ich eine Ahnung davon, was Realität war. Das Wirkliche war das Absurde selbst! Das, was keiner für möglich gehalten hatte und doch vorher, bevor es passierte, schon hundertmal auf dem Bildschirm gesehen hatte, diese vorphantasierte Zukunft, geschah gerade in diesem Augenblick.

In den Trümmern des Kölner Doms hatte ich mich schon wieder hineingefunden in das, was in den langen Nachkriegsjahrzehnten fast völlig verschwunden war, die Erinnerung an die zerstörten deutschen Städte, nicht die Erinnerung an die Videos über sie, sondern an die wirklichen Städte, mit dem Moderduft aus den aufgesprengten Kellern und dem süßlichen Leichengeruch der hoffnungslos Verschütteten. Ich saß da zwischen den Trümmern, als hätte ich nie irgendwo anders gesessen. So musste es den Kölnern nach dem letzten großen Angriff auf ihre Stadt gegangen sein, so oder vielmehr ähnlich. Sie konnten noch zum kaum beschädigten Dom aufschauen und wussten, dass es ein Wunder war, das ihn gerettet hatte. Damals gab es noch Wunder! Ich aber konnte nicht mehr zu den Doppeltürmen hochblicken, in der Gewissheit, dass eine höhere Macht sie erhalten hatte. Ich saß, zusammen mit dem Doktor und Erik, auf den Trümmern des Domes und niemand von uns sah etwas anderes als Ruinen. Vielleicht waren wir deshalb mit den Pilgern weitergezogen, nicht weil wir keine Landkarte hatten und jemanden brauchten, der uns den Weg zeigte, sondern weil wir an etwas glauben wollten. Vielleicht wollten wir auch einfach nur in der Nähe derer sein, die ihn noch nicht verloren hatten, den Glauben. Nie hatte ich mit dem Doktor darüber gesprochen und jetzt, jetzt war es zu spät. Und ist es nicht immer zu spät? Hebt nicht auch die Eule der Minerva erst in der Dämmerung zum Flug an? Ja, Hegel war auch unter den Büchern, die wir geerbt hatten. Ich hatte einige Seiten gelesen, aber ihn dann wieder aus der Hand gelegt, nur das mit der Eule hatte ich behalten, wohl auch weil es zu dem Wenigen gehörte, was ich von ihm verstanden hatte. Die Vernunft kommt immer zu spät, wie die Eule, das stimmt. Aber sie scheint auch abzunehmen, weniger zu werden. Denn, wenn die Vernunft zunähme, wie einige meinen, dann müsste ich Hegel doch verstehen, zweihundert Jahre später. Er selbst meinte das wohl, dass das Bewusstsein zunähme, aber ich bin mir nicht sicher. Doch scheint eher das Gegenteil wahr zu sein, nach alldem was passiert ist. Fortschritt hat es vielleicht einmal gegeben, aber nicht seit ich lebe. Technischen Fortschritt? Ja, das mag sein. Aber was hat man von der Technik, wenn alles kaputt ist? Manchmal erschrecke ich über diese Gedanken, denn es sind eigentlich nicht meine. Will sagen, ich mache sie nicht. Sie kommen einfach und sind dann da. Da sagt es plötzlich in mir: es gibt keinen Fortschritt! Und das, obwohl Hegel im Regal steht und auch Marx, die beide meinen, dass es ihn gibt. Vielleicht ist das wirklich neu, ich meine, dass meine Gedanken heute machen, was sie wollen. Aber ob das Fortschritt ist, das weiß ich nicht.

War ich mit einer einzigen gemischten Klasse von „Großen" und „Kleinen" angefangen und hatte so eine von meinem Vorgänger begonnene Tradition fortgesetzt, hatte ich jetzt, nachdem er in der Tat nicht wieder von seiner Reise nach Deutschland zurückgekehrt war, zwei Klassen, zu betreuen, in der ich die zwei Altersstufen jeweils getrennt unterrichtete. Man versteht leicht, dass meine Schüler, selbst die intelligentesten unter ihnen, für mich als Gesprächspartner über die mannigfaltigen geistigen Schätze, die ich durch emsiges Lesen aus der vergrößerten Bibliothek hervorzauberte, nicht infrage kamen. Der Pastor, der weiterhin täglich seinen jetzt verdoppelten Religionsunterricht gab, wäre wohl dem einen oder anderen Thema intellektuell gewachsen gewesen, wenn er nicht stets, wenn sich eine andere Denkmöglichkeit als die in seinem Katechismus vorgeschriebene, auftat, energisch abgewunken hätte und das Weite suchte. So blieb ich mit meinen Büchern allein und ließ mich von den schriftlich hinterlassenen Ratschlägen anderer einsamer Geister trösten. Schopenhauer war einer davon und von diesem zu Nietzsche war es nicht weit.

Bei anderen Autoren hatte ich schon seinen häufig zitierten Ausruf gelesen: „Gott ist tot!"

Doch eines Tages wollte ich wissen, was es damit auf sich hatte. Ich blätterte in Nietzsches Gesamtausgabe herum und fand diesen Satz auf Anhieb, denn die untere rechte Ecke der Seite war, wohl damit sie leichter wieder aufzufinden war, eingeknickt und besagter Satz mit Bleistift unterstrichen. Ich sah nun genauer hin und las „Gott ist tot! Gott bleibt tot! Und wir haben ihn getötet!"

Ja, dieser Satz, „Gott ist tot!" wurde überall richtig zitiert. Und der folgende Satz ging sogar noch weiter „Gott bleibt tot!" Aber was dann folgte, ließ mich zuerst erschreckt das Buch zuklappen und es dann mit klopfendem Herzen neugierig wieder öffnen. „Und wir haben ihn getötet!" Wie kann man einen Gott nur töten? Schoss es mir durch den Kopf. Und, wenn Gott tot ist, weil wir ihn getötet haben, dann muss er, bevor er ermordet worden ist, gelebt haben. Und warum wir? Warum sagt Nietzsche, dass wir, also alle Menschen und mich eingeschlossen, ihn getötet haben? Was habe ich mit den Mördern Gottes zu tun? Ich legte das Buch zur Seite und versuchte einzuschlafen, doch Nietzsches Sätze gingen mir unaufhörlich durch den Sinn. Als endlich das erste Morgenlicht in meine Stube drang und irgendwo eine Milchkanne schepperte, meinte ich einer Antwort näher gekommen zu sein.

Wenn Nietzsche recht hatte, so dachte ich bei mir, als ich beim Frühstück saß, das ich immer zusammen mit Frau Gertrud, ihrem Ehemann und den zwei bereits erwachsenen Kindern einnahm, dann müsste Gott noch zu Nietzsches Lebzeiten, also in der zweiten Hälfte des neunzehnten Jahrhunderts getötet worden sein. Das war mehr als logisch, zählte Nietzsche sich selbst doch zu den Mördern Gottes. Von nun an begann ich, nur mithilfe meiner Bibliothek und ansonsten ganz auf mich allein gestellt, Forschungen über dieses rätselhafte neunzehnte Jahrhundert anzustellen, in dem fast die ganze Bevölkerung eines unbedeutenden thüringischen Dorfes ausgewandert war, dessen Nachfahren mich hier in Südbrasilien so herzlich aufgenommen hatten. Sie, meine Gastgeber, waren offenbar vor Gottes Tod ausgewandert, zumindest wussten sie nichts davon, denn des Sonntags lobten sie ihn inbrünstig in ihren Kirchenliedern, die ich mittlerweile, aus Freundlichkeit, und weil ich der Lehrer war, mitsang.

Hinkende Metaphern sind oft die wertvollsten bringen sie uns doch, durch ihre stolpernde Schieflage bedingt, unweigerlich ins Nachdenken. Nietzsche musste ihn bezweckt haben, diesen entrüsteten Aufschrei seiner Zeitgenossen nach „Gott ist tot!" ebenso wie die allgemeine Empörung wegen der Anklage der Mittäterschaft bezüglich des gemeinsamen Mordes. Natürlich hat niemand Gott umgebracht, das geht einfach nicht, genauso wenig wie man den Heiligen Geist in eine Flasche sperren kann. Vielleicht bezog er sich auch gar nicht auf Gott selbst, sondern auf seinen Sohn, den Nazarener, den sicherlich, den haben sie umgebracht, aber eben nicht wir, und da er aufgefahren ist in den Himmel, war sein Tod auch nicht von langer Dauer. Drei Tage, wenn ich mich recht an die letzte Osterpredigt des Pastors erinnere. Eine Predigt, übrigens, von nur mittlerer Qualität, abgestimmt auf ein einfaches Publikum ohne jede Bildung. Und damit komme ich auch schon zum Kern meiner Überlegungen über Gottes, von Nietzsche lautstark hinausposaunten, Tod. Je höher der Bildungsgrad der Leute ist, desto eher glauben sie an das, was Nietzsche gesagt hat. Und es ist schon kurios, dass die gebildeten Leute eher Nietzsche glauben als an Gott. Ich selbst, je mehr ich las, und es waren nun schon einige Jahre, in denen ich fast täglich in der Bibliothek hockte, ging eher den umgekehrten Weg. Je mehr ich las und wusste, desto rätselhafter erschien mir alles. Irgendetwas musste hinter den Dingen stecken, und ich war mir bald sicher, dass alles, was ist, nicht alles war. Wie man das nun nannte, ob Gott oder X, war unerheblich. So setzte ich manchmal, obwohl es zwar von der Silbenzahl, aber nicht vom Reim her passte, an die Stelle von Gott ein X und sang von da an deutlich lauter als in den Jahren zuvor die sonntäglichen Kirchenlieder mit. Eine Veränderung, welche der Pastor mit wohlwollendem Kopfnicken quittierte und mir selbst, aus Gründen, die nur ich selbst wusste, die Last eines Wortes, unter dem ich mir bis dahin nur einen alten Mann mit Bart hatte vorstellen können, von den Schultern nahm. Das X versöhnte mich mit ihm, weil es dem Rätsel entsprach, das hinter den Dingen steckte. Manchmal, wenn ich an Nietzsche und dessen Streben nach Höherem, nach einem über den normalen Menschen hinausgehendem Ziel, zurückdachte, schien es mir sogar, als ob auch er insgeheim sich nicht ganz sicher war, ob Gott tatsächlich tot war.

Wie dem auch immer sei, ich hatte mich mittlerweile in eine recht eigensinnige Interpretation aller möglichen Autoren verstrickt, die unsere Sakristei zu bieten hatte. Mir fehlte, das lag auf der Hand, das Drumherum, was die komplette deutsche Kultur zur Verfügung gestellt hätte, Gespräche, hitzige Debatten mit Philosophen und Theologen, Anregungen und Orientierungen. All dies hätte ich als unerfahrener Autodidakt bitter nötig gehabt. Auch die Tatsache, dass meine Bibliothek in den dreißiger Jahren des vorigen Jahrhunderts abrupt endete, setzte meinem stetig wachsenden Wissensdurst eine Schranke, gegen die ich immer häufiger anlief. Hatten andere auch schon so gedacht wie ich? Gab es Gesinnungsgenossen, die meine Zweifel und plötzlichen Eingebungen teilten? Und eine Frage bedrängte mich besonders. Hatte es danach noch andere bedeutende deutsche Denker und Philosophen gegeben? Vielleicht solche, welche die Logik des Zerfalls verstanden und frühzeitig darauf hingewiesen hatten?

Der Erdbeeraufkäufer, derselbe, der mir die Bibliothek vermacht hatte und der mittlerweile, da in die Jahre gekommen, in denen man keine Erdbeerkisten mehr stemmen kann, nur noch gelegentlich ins Dorf kam, erzählte mir, ohne dass ich ihn danach gefragt hätte, von einem Mann mit rotem Gesicht aus seiner Nachbarschaft, der täglich versuche, Deutschland mit einem Funkgerät zu erreichen, wohl, um alte Geschäftsbeziehungen wiederaufleben zu lassen. Ich horchte auf. „Und?" Er spürte meine Ungeduld und lächelte, so, als ob er mich besänftigen wollte. Dann sagte er, und ich wusste, dass ich fortan für immer mit meinen unbeantworteten Fragen und den wenigen Büchern, die ich gerettet hatte, allein war: „Berlin antwortet nicht."

Die Dämmerung setzte in den nächsten Tagen früher ein als sonst. Zuerst dachten wir uns nichts dabei, wurden doch zu dieser Jahreszeit selbst in den subtropischen Breiten die Tage langsam kürzer. Aber die Art und Weise mit welcher das Sonnenlicht verschwand, um langsam der Nacht zu weichen, war merkwürdig. Schon gegen drei Uhr nachmittags erhob sich ein grauer Dunst über dem Horizont, der, vom Norden herkommend, die Sonne nach und nach verschleierte und es bald darauf möglich machte, den roten Feuerball mit bloßem Auge zu beobachten. Auch die Morgen waren jetzt unüblich in die Länge gezogen. Es war, als ob das Licht, das die schon seit Stunden hoch am Himmel stehende Sonne zur Erde schickte, sich nur mit Mühe durch den von Tag zu Tag dichter werdenden Nebelschwaden einen Weg bahnen konnte.

Als die ersten Schneefalter durchs Dorf torkelten, wusste ich, noch vor den anderen Dorfbewohner, was kommen würde. Eine mir bis dahin unbekannte Lähmung überfiel mich. Was sollte ich tun? Von der Kirche her tönten jetzt jeden Tag die Gesänge der Gemeindemitglieder, die zuerst in kleiner Zahl, dann immer mehr werdend und mit stetig anschwellender Inbrunst, Gott dankten. Wofür? fragte ich mich und ertappte mich dabei, dass ich meine Jacke nahm und mich selbst auf dem Weg zur Kirche machte. „Immer fröhlich! Immer fröhlich!" sangen sie, als ich eintrat und vergebens nach einem freien Platz suchte. Der Pater hatte mich erspäht und winkte mich einladend nach vorne, wo er mir einige Schritte vor dem Altar einen Platz auf den Stufen zuwies. Nach Singen oder gar Beten war mir nicht, obwohl die Nähe der anderen und ihr frohgemutes Gesinge mir guttat. Vielleicht, so begann ich zu hoffen, war alles nur ein Spuk und ich würde bald befreit durchatmen und durch die weit geöffneten Kirchentüren ins Freie entlassen. Doch dann sah ich, wie einige Schneefalter durch das dämmrige Kirchenschiff schwebten und, wohl vom Licht der auf dem Altar stehenden Kerzen angezogen, diese in einem letzten Aufbäumen ihrer zarten Kräfte umflatterten und dann flügellos zu Boden zu stürzten.

Ende

Ateliê de Humanidades Editorial

Straße Juparaná, 63, Haus 03

Andaraí, Rio de Janeiro, RJ – Brasil

Postleitzahl: 20541-135

Whatsapp: 21-97979-3743 / 21-98260-9154

Redaktionelle Koordinierung

André Ricardo do Passo Magnelli

Umschlag und Grafikdesign

Afrodite Sá Peixoto

Exekutive Koordination

Leisliane Almeida do Passo Magnelli

www.ateliedehumanidades.com